AF108571

FRANÇOIS, XAVIER, PAUL
et les autres

© Rémy Becquart, 2025

Édition : BoD · Books on Demand,
31 avenue Saint-Rémy, 57600 Forbach, bod@bod.fr
Impression : Libri Plureos GmbH, Friedensallee 273,
22763 Hambourg (Allemagne)

ISBN : **978-2-3225-5725-7**
Dépôt légal : Mars 2025

REMY BECQUART

FRANÇOIS, XAVIER, PAUL
et les autres

Roman

A Colette,

« *Le travail d'une femme vaut mieux que le discours de cent hommes* »

(Proverbe Afghan)

Là-bas au « lac d'Annecy »
On sait... tout le prix du silence
Là-bas au « lac d'Annecy »
On dit que la vie, c'est une folie
Et que la folie, ça se danse !

(Extrait de la chanson « Les lacs du Connemara »
de Michel Sardou)

PROLOGUE

François n'était pas un enfant comme les autres. Il était beau, envoûtant même. Jusqu'à ses six ans, cela ne faisait aucun doute :

« Il aura une belle vie, une vie de star, ça se lit sur son visage, il a quelque chose en plus ! »

Tout le monde pensait cela, en l'observant. Son âme était son sourire, ses lèvres immobiles tout son être à venir.

Pourtant, François ne parlait pas, allez savoir pourquoi ? Ce fut la question de toute une vie. Pas celle de François, quoique, mais celle de la mère. Et de son petit frère Paul aussi, parfois. Quant au père, loin de tout cela, il transpirait en paroles. Indiscutablement, le flot de ses pensées coulait en société comme le sang dans ses veines, question de survie. Il portait aussi haut sa parole qu'un pays hisse haut son drapeau. Sans retenue, sans concession. Alors que pouvait-il comprendre de la vie de son fils silencieux ?

D'autres aussi vibraient comme le père de François : Xavier par exemple, cet architecte convaincu et brillant, toujours en conquête de projets pour son agence et de femmes pour ses facondes. Il élaborait des discours à la façon d'un Kennedy et des déclarations d'amour à la façon d'un Cyrano, avec une réussite certaine pour les uns et de belles déconvenues pour les autres. Dans sa famille, c'est sa mère qui gardait le silence. Au fur et à mesure du temps qui passait, elle cultivait, malgré elle, une dissension avec son fils. Un doute, dans leur relation, qui le consumait à petit feu, grignotant, jusqu'au silence, ses solides assises verbales.

Et quand, au cœur des paysages grandioses du lac d'Annecy, juste à l'aplomb de l'église Saint Germain sur Talloires, enfermés dans les remous de la cascade du Saut du Moine, s'entremêlèrent les récits de François, Xavier, Paul, et les autres, alors se firent entendre, par échos successifs, des histoires d'amour contrarié, de trauma apaisé, de voix retrouvée et pour finir, tout au fond du Nant de Craz, le double écho d'un égo foudroyé.

Chapitre 1 - FRANÇOIS

Les ancêtres

Dans les années 30, la famille du père de François prenait ses vacances sur les bords du lac d'Annecy, à Saint Germain sur Talloires, au plateau du Haut, dans une grange typique de ces contrées d'altitude, faite de pierres, de madriers, et de tuiles en bois. A l'aube de sa formation, cette famille comportait déjà ses cinq premiers enfants. Le père était le cinquième. La grange, sans grande allure, avait un rez-de-chaussée très bas de plafond, envahi de toiles d'araignée. Y traînaient, çà et là, matériels et matériaux usés par le temps. L'étage comportait trois pièces au confort rudimentaire, dont une sans fenêtre. L'accès s'y faisait de l'extérieur par un escalier en bois tout juste protégé par un débord de toiture. Il desservait la cuisine qui faisait office de hall, de vestiaire, mais aussi de garde-manger, de lingerie, de salle à manger et de salle de jeux, autant dire la pièce de vie. A côté, un séjour avec ses trois fauteuils aux pieds vermoulus, devant un vieux poêle à bois, et une sorte de canapé qui se transformait en lit, la nuit, pour les grands-parents. Cette pièce s'ouvrait sur le paysage proche par une grande baie, seule transformation de la grange d'origine que s'était autorisé le grand-père. La troisième pièce, immense et presque aveugle, ressemblait à un dortoir, avec ses lits superposés et alignés en quinconce. Un coin y était aménagé en cabinet de toilette, destiné à tous, avec, pour seule intimité, un grand rideau rouge à tirer pour faire ses ablutions au lavabo.

Pour le grand-père, cette résidence était provisoire, car elle n'offrait pas, depuis la baie du séjour, une vue directe sur le lac, pourtant à portée d'oiseau. Dans le contrebas de la prairie qui l'accueillait, un petit bois faisait obstacle, avec ses cimes variées de pins sylvestres et de feuillus. Elle avait cependant pour lui une grande qualité : la vue sur la petite église de Saint Germain sur Talloires, posée à cinq cents mètres sur un surplomb rocheux avec, entre les deux, le petit bois et, juste derrière, le vallon du Nant de Craz. Cette « chapelle », dédiée à Saint Germain, était là pour rappeler au grand-père, en ce temps d'instauration des congés payés, l'indispensable équilibre à maintenir entre les loisirs offerts par le lac, la culture physique des randonnées en montagne et l'entretien de sa foi à la messe le dimanche. Ce triptyque servait de socle à ses aspirations. Son projet, mûri au fil des étés, était donc d'acquérir un terrain avec vue à la fois sur Saint Germain et sur le lac, et suffisamment éloigné des deux pour inciter à s'y rendre par la marche. Il y construirait le chalet digne de l'expansion programmée de sa famille et de son rang, à maintenir, loin de sa filature de Lille, à Talloires, sur le lac d'Annecy, où ses relations étaient déjà nombreuses.

Les « relations », ce pacte occulte entre personnes qui ont de potentiels intérêts en commun, nombreux sont ceux qui se laissent corrompre pour en conserver les bénéfices. Elles auront, parait-il, permis au grand-père d'accéder à son rêve. Le propriétaire du bois accepta de lui vendre, ainsi qu'à son cousin, une parcelle bien placée pour la vue sur le lac, dans le but d'y construire chacun leur chalet. En échange, l'accord portait sur la divulgation d'une information délétère que possédait le cousin du grand-père, fervent pétainiste. C'était en 1940, à l'heure où les Français étaient sommés par l'histoire de choisir leur camp.

A la fin des années 60, lors des étés de vacances au chalet construit par le grand-père, Paul jouait à la guerre. Il faisait des arcs avec les tiges souples de noisetiers qu'il trouvait facilement dans le bois voisin. Muni de ses armes et de son imagination sans limite, il choisit, comme terrain de jeu, la ruine d'une construction en pierre noyée dans les broussailles et l'humus. Le père voyait d'un mauvais œil les turpitudes de son fils dans cette ruine plantée à une encablure du chalet et restait totalement froid et sourd à l'évocation de ses aventures. Paul se tournait alors vers la mère qui, elle, souriait tendrement à ses récits, avec sa patience infinie, puis vers son frère François qui, à une occasion, profitant de la présence du père, avait susurré lentement cette phrase, en le fixant :

— Le feche mal, ça pique, le feche pique…

Plus tard, en 1980, Paul avait vingt ans, lorsque la famille s'était rassemblée, toujours en été, au chalet de Saint Germain. A cette occasion, Paul avait, pour la première fois, interrogé le père sur l'origine de cette ruine qu'il retrouvait avec plaisir, comme un souvenir de ses conquêtes enfantines. La réponse du père, évasive, traduisait une fois de plus son désintérêt pour son fils. Son ego et sa vie sociale passaient avant tout.

Vingt-cinq ans plus tard en 2005, une nouvelle réunion de famille fut organisée, sorte de pèlerinage, cette année-là, sur le lieu de leurs vacances passées. Le père et la mère, en prise avec leur santé, avaient accepté de venir, bien qu'affaiblis tous les deux. L'air frais, la marche, devaient leur faire du bien. Une promenade les rapprocha tous de cette ruine encore présente au milieu du bois, terrain de jeu de Paul, qui interrogea à nouveau le père. Cela se passait au XXIème siècle, les secrets de famille étaient petit à petit levés, sur certains faits, notamment historiques et familiaux. Le père s'ouvrit alors à une réponse qu'il n'avait jamais voulu, ou pu, donner jusqu'ici. Le petit arrangement avec le propriétaire en 1940, pour l'acquisition de ces terrains, comprenait, en échange, des informations sur les activités de résistance menées par certains hommes du pays. C'est ainsi qu'en 1942, le chalet du cousin du grand-père, tout juste fini, aurait subi un incendie criminel. Une vengeance, après le fait de délation du cousin, selon le père. Il n'en savait pas plus. Une gêne envahit Paul, d'autant qu'il pouvait lire, sur le visage de son père, un sourire à peine embarrassé. Paul baissa la tête, troublé. Son souvenir d'enfance venait d'être anéanti. Et il comprit aussi pourquoi cette ruine, si bien placée, n'avait jamais été rachetée pour être reconstruite, avec sa potentielle vue à couper le souffle sur le lac. Une malédiction planait ici, comme un écho, enfermé dans le vallon voisin du Nant de Craz.

En 2006, Paul rendit visite à sa marraine, 80 ans, grande sœur du père, la numéro trois dans la longue liste des enfants de cette famille, qui en comptera, à son apogée, vingt et un avec un remariage. Elle avait encore une grande lucidité, et les échanges entre eux étaient toujours francs. Paul voulut en savoir plus sur ce secret de famille maintenant envahi par les ronces, sur ce chalet incendié en 1942. Le récit de son père lui avait semblé contenir quelques élans d'imagination, en tout cas l'espérait-il encore. Sa marraine devait pouvoir l'éclairer. Elle lui raconta sa version :

— Non, ce chalet n'a pas brûlé en 1942, mais en 1938, peu de temps après la fin de sa construction. Tu fais bien de m'interroger, il va être temps maintenant de divulguer la véritable histoire de cet incendie, chacun de mes frères et sœurs encore en vie racontant sa propre version, alors que j'étais la seule en âge de pouvoir constater les faits, à l'époque, les autres étant encore un peu jeunes ou même pas nés !

C'était bien un cousin du grand-père qui était propriétaire du chalet brûlé. A l'aide de sa fortune d'industriel, il rachetait tout ce qui se présentait à vendre autour de Talloires. Comme ce terrain en bord de lac, face au port, sur le versant du Roc de Chère qui y plongeait. C'était le meilleur terrain, plein sud avec vue sur le port et sur la Tournette, la plus haute montagne en sentinelle sur le lac. Et comme les gens du cru n'entendaient pas se laisser envahir par ce bourgeois du Nord arrogant, l'un d'eux entreprit de lui faire peur en brûlant son chalet de Saint Germain — flambant neuf — comme il se disait dans le pays… Telle était, pour elle, l'histoire de cette ruine, enfin ce qui s'était raconté à l'époque, car on ne mit jamais la main sur le pyromane. Paul préféra croire en la version de sa marraine, plus réaliste, plus contemporaine. Il préféra la déferlante « promotion immobilière » sur le lac, avant l'heure, plutôt que l'inacceptable « collaboration » d'une époque difficile. Il préféra un secret « en affaires », plutôt qu'un secret « en enfer ». Mais la question restait encore ancrée dans son esprit.

Les parents de François et de Paul s'étaient mariés en 1952 à Croix dans le Nord de la France, à l'église Notre Dame de Lourdes, proche du Parc Barbieux, petit paradis de nature, aux mille arbres centenaires. Sur le perron, à la sortie de la cérémonie, les convives pouvaient distinguer quatre silhouettes qui faisaient la pose en tenue de mariés. Deux complets vestons surmontés d'un nœud papillon, et deux robes de mariées à dentelles et petits nœuds, l'une vibrante et lumineuse, assortie à un sourire éclatant de blancheur et l'autre rose un peu pâle, avec le sourire esquissé de deux lèvres encore jointes. Le bras qui était accroché à cette dernière était celui du père, la silhouette de celle qui portait la robe éclatante était celle de la tante, Marie Pierre, grande sœur de la mère. On ne voyait qu'eux de ce fait, le père, parce qu'on le plaignait de n'avoir pas choisi la bonne, et la tante, parce qu'elle brillait, accessoirement au bras de l'oncle Claude qui lui ne savait pas où se mettre.

Qui n'a pas attendu avec impatience ou au contraire craint d'être un jour sous le feu de la rampe à l'occasion de son mariage ? Certains vivent ce jour-là comme une consécration, avec la fierté d'exposer son bonheur, sa chance d'avoir fait la rencontre idéale. D'autres vivent le moment avec angoisse, à la fois heureux de fêter leur amour, de partager la joie de son conjoint, et en même temps paniqués à l'idée d'être pour cette journée le centre des attentions, des animations, et des traditions, comme celle de la photo à la sortie de la messe.

Sur le perron de l'église Notre Dame de Lourde, la mère savait que Marie Pierre allait attirer le regard de tous, allait être au cœur de la fête, portée par son aura naturelle. Et cette pensée la rassurait, car elle pourrait s'effacer, se cacher derrière elle, en cette journée d'apparat. Elle avait su convaincre son futur mari d'accepter la demande insistante de ses parents pour faire un double mariage, celui de sa sœur et le leur. Le père lui en avait voulu, lui qui était de la première catégorie, les impatients, les « m'as-tu vu ». Il n'eut pas le choix. La fête était organisée par la famille de la mère, de Roubaix, plus riche que la famille du père, de Lille. Une subtile nuance qui avait son importance entre ces deux familles bourgeoises du Nord, descendantes de cette grande lignée de marchands de fils textile, ceux qui avaient fait fortune au début du XXème siècle.

Une des raisons de la richesse de ces familles, hormis leur très grand sens des affaires, s'inscrivait dans le dicton « il n'y a pas de petite économie ». La possibilité d'organiser deux mariages pour le prix d'un respectait cette conviction. Un autre disait qu'il n'était pas de bon ton d'exposer sa fortune. Pétris de ces deux principes, les parents de la mère avaient argumenté auprès de ceux du père qu'ayant moins d'enfants (la mère n'avait que dix frères et sœurs), ils allaient prendre en charge l'organisation et les frais principaux de ce double mariage pour soulager les parents du père du poids d'un mariage supplémentaire. Tous ces arrangements réussis entre soi devaient faire de cette journée du 6 avril 1952 une belle journée de printemps, annonciatrice de deux beaux mariages. Pour le père et la mère, l'idylle dura quatre ans, avec la venue de leur premier enfant, Claire en 1954, jusqu'à ce qu'elle soit entachée d'un élément perturbateur, deux ans plus tard, en 1956, avec l'arrivée de François.

A la naissance de Claire, la petite famille habitait un appartement trois pièces à Marcq en Baroeul, petite ville paisible coincée entre Lille et Roubaix. L'immeuble des années 20 donnait sur le Grand boulevard, cette percée urbaine faite à la façon d'Haussmann, bien qu'effectuée en partie à travers champs, en 1910, entre les deux grandes cités du Nord, fleurons de la région, qui avaient déjà, en ce début de siècle, choisi de s'unir par une grande avenue, bien avant que leurs habitants ne concèdent à s'unir par les cœurs, comme l'avaient fait le père et la mère en 1952. On pouvait aussi imaginer que ce mariage, tissé entre les deux familles, la roubaisienne et la lilloise, comportait, du point de vue des patriarches respectifs, quelques arrière-pensées stratégiques et industrielles. La « mondialisation », à cette époque, avait encore une connotation très locale... L'installation du couple, étant donné cette géographie originale, s'imposa donc sur le Grand boulevard. Le père l'avait tout de suite compris. Il pourrait pavaner dans les diners sur la belle adresse de son immeuble ainsi que sur la très élégante façade art déco. Bien visible entre les deux villes, elle augurait de son statut social. Alors même que l'appartement était au cinquième et dernier étage, sans ascenseur, et sous combles, et que cette situation pesait sur la mère, qui devait garantir la bonne tenue du quotidien, et surtout, le transport sur cinq niveaux des courses, de la poussette, et de Claire quand elle fut née. Le père bricolait ses premières affaires à l'usine familiale, la mère, elle, les portaient tous les jours, dans l'escalier.

Au Fil Lillois, la filature dirigée par le grand-père, il y avait peu de perspectives pour les ambitions du père. Chez lui, la venue du deuxième enfant s'annonçait quand il eut l'opportunité de rejoindre une entreprise familiale de fabrication et de pose de tapis créée par l'un de ses cousins à Annecy. Le grand-père l'encouragea, il la saisit donc, sans trop d'hésitation. C'était à l'hiver 1956.

Huit mois auparavant, il avait eu l'occasion de découvrir, pendant quelques jours, cette entreprise du cousin et les avantages qu'une installation à Annecy lui apporterait. En dehors de l'aspect professionnel, où une place l'attendait comme directeur commercial, le cousin lui avait fait partager les délices liés à l'éloignement du cocon stricte et bourgeois du Nord de la France.

Ce soir-là, au casino d'Annecy, pour fêter la fin d'un très gros chantier — la rénovation des sols du casino, dont la reconstruction venait de s'achever au Paquet — le cousin avait invité tout le personnel de sa nouvelle entreprise pour la soirée d'inauguration, pour trinquer, s'amuser et miser jusqu'au bout de la nuit. Tous les gains et les pertes seraient mutualisés, à l'image de la vision coopérative de cet entrepreneur moderne, ouvert, optimiste et très en avance sur son temps. L'aspect feutré et doux de la moquette, ses déclinaisons en motifs artistiques art déco, sa pose rapide, avaient donné à ce revêtement une dynamique commerciale fulgurante, qui, rapidement, fit la réputation de l'entreprise à Annecy. Cela permit au cousin de recruter le meilleur du personnel. Parmi eux, une jeune secrétaire de direction : Annie, sortie d'une école de gestion, dont le rire innocent et communicatif et surtout le physique affolant ne laissaient aucun homme indifférent.

L'idylle avec le père naquit sur la terrasse du casino, face au lac, en début de soirée, dans une sorte de round d'observation, en présence du cousin, fier d'afficher son recrutement, et du père, caché derrière ses lunettes de soleil, à l'affut du regard d'Annie. De son coté, elle pavanait, comme sur un podium, parée d'une robe légère jaune soleil, délicatement pincée au plus près des courbes de sa taille. A cet instant, elle se félicitait d'avoir persévéré dans ses études, persévérance qui la mena tout spécialement ce soir-là, sur cette terrasse-là, au centre de l'attention de deux hommes de la haute bourgeoisie, dont un qui, avec son large front dégarni d'intellectuel et son fin nez aquilin, ne manquait pas d'atouts pour la séduire.

— J'ai commandé trois diabolos menthe, avait lancé le cousin. Un peu de fraicheur, pour réveiller les veines, titiller le gosier, ouvrir ses chakras et apprécier au mieux le champagne et les jetons qui vont couler à flot ce soir.

Trois verres parés de couleurs scintillantes et agrémentés d'une paille étaient déjà à disposition sur la table.

— Je ne voudrais pas faire des bêtises aux jeux, rater une mise ou parier les mauvais numéros si je bois trop de champagne. Et du coup vous faire perdre beaucoup ! Je m'en voudrais pour le reste de l'équipe et pour vous-même, avait répondu Annie.

Elle laissait ainsi apparaitre une personnalité raisonnable, avec son air faussement naïf, ce qui décupla son charme aux yeux du père qui lui répondit :

— L'important est de savoir saisir sa chance. Il y a des jours comme cela où tous les chemins mènent à la réussite. Et quelque chose me dit que ce soir c'est notre tour ! Déjà, le fait de vous avoir rencontrée, chère Annie, je sens que vous allez me porter chance !

Les joues d'Annie changèrent brusquement de couleur, offrant au patron et à son admirateur le spectacle d'une éclosion de gaillarde, parée de rouge et de jaune, à l'extrémité d'une tige formée par la paille verte qui dépassait du verre de menthe qu'elle sirotait à cet instant.

— Jean, ne joue pas trop avec le feu, n'oublie pas que tu es marié, tu pourrais le regretter avec tes prédictions incantatoires !

Le cousin, parfaitement raisonnable, ce qui pouvait expliquer sa réussite dans les affaires, échoua dans sa tentative de freiner l'élan qui naquit entre le père et Annie. Le père souleva ses lunettes de soleil et les posa doucement sur la table, puis laissa trainer ses doigts à quelques millimètres de la délicate main d'Annie.

Au soleil couchant, l'eau du lac se mit à frémir, tout en éclats de lumière, leur rappelant que le champagne les attendait à l'intérieur, ainsi que les tables de jeux et le bruit envoutant des billes dans les roulettes en bois d'acajou.

En se levant, tous les trois jetèrent un dernier regard sur le lac puis se tournèrent vers la splendide façade Art déco du Casino, maintenant illuminée par une série de puissants projecteurs répartis au sol. A cet instant, chacun mesura à sa manière sa chance d'être là, face à tant de beauté et à tous les possibles qui s'annonçaient pour la soirée.

Et le miracle arriva. Non sous la forme de gains, le maigre butin de certains ne comblant pas les abyssales pertes de tous, mais plutôt sous la forme d'un rendez-vous inopiné et romantique que se donnèrent, en fin de soirée, un peu éméchés, le père et Annie pour la journée du lendemain. Une escapade en montagne, à Saint Germain, au-dessus de Talloires, incontournable ancrage du père au lac de son enfance et indispensable ancrage à son avenir, pour Annie, tant elle envisageait si fortement déjà de faire sa vie avec lui.

Après une courte nuit, au petit matin, les deux tourtereaux impatients et frais se retrouvèrent pour une journée découverte de la nature flamboyante autour du lac, naturellement, mais aussi et surtout de leur nature respective. Jusqu'où allaient-ils s'entendre ?

Ils se rendirent en voiture au pied de la forêt de la Coche, au-dessus de Talloires. Au programme, une randonnée en direction du chalet de l'Aulp, dernière ferme avant les alpages de la Tournette. Le chemin suivait le vallon du Nant d'Oy, le long d'un torrent qui coupait le sentier régulièrement, les invitant à se tenir par la main, chaque fois, en équilibre sur quelques pierres polies par le flux incessant de l'eau. Premiers rapprochements, premiers émois, qui ne feront que grandir tout au long de cette journée. Au chalet de l'Aulp, dans une prairie d'herbes hautes et fraiches, ils s'allongèrent, empressés de se reposer côte à côte, après cette longue ascension. Un refuge idéal qui leur permit de se laisser aller à plus de proximité, plus d'intensité encore dans leur relation. Le temps s'immobilisa…

Puis, galvanisés par une splendide vue sur le lac, ils décidèrent de redescendre. Une descente qui se fit main dans la main, cette fois tout au long du parcours. La balade se termina sur la plage de Talloires, par une baignade rafraichissante.

Annie était déjà envoutée par cet homme. Elle lui proposa de prolonger la journée en remontant à l'église Saint Germain. Elle voulait voir cette grotte et cette fameuse cascade du Saut du Moine, qui semblaient l'émerveiller, tant il avait été dithyrambique à son sujet. Elle voulait marquer le coup, s'immiscer plus intimement encore dans les lieux symboliques du père. Elle voulait intensifier leur rencontre électrique, laisser dans le cœur du père une marque indélébile.

La chapelle Saint Germain, accrochée à son promontoire rocheux, face au lac, offrait aux fidèles une vue inoubliable. Sur le côté s'ouvrait un chemin de Croix entre le parvis de l'église et la grotte de l'Ermitage, creusée dans la paroi abrupte du Nant de Craz. Après la découverte de ce lieu rempli de mystère, le père et Annie sortirent de la grotte et posèrent tous les deux les mains sur la rambarde, face au vide, écoutant le bruit de fond incessant de la cascade du saut du Moine. Le père montra alors à Annie le petit bois au milieu duquel se trouvait le chalet familial.

— Tu vois le grand toit en face, au milieu des pins et des hêtres, de l'autre côté de la cascade, c'est notre chalet familial. Le bois tout autour était notre terrain de jeu, enfants. Nous y avons fait toutes les bêtises, surtout avec les petits derniers. Je leur faisais croire que le lieu était hanté, qu'un dragon pyromane viendrait mettre le feu à notre chalet si on faisait trop de bêtises. Ça marchait, d'autant qu'il y avait bien réellement dans ce bois la ruine d'un chalet brûlé, pas très loin du notre. C'était celui d'un cousin de mon père. On n'a jamais su pourquoi, ni qui était l'instigateur de cet acte lâche et criminel.

A ce moment, le père ne regardait pas Annie, il ne vit pas comment son visage se transforma brusquement pendant qu'il parlait. Là, elle ne buvait absolument plus ses paroles. Elle se mit à trembler, envahie par des pensées incontrôlables. Il y avait aussi dans sa famille une histoire de chalet brûlé et elle craignait d'avoir compris quelque chose, qu'une faille allait se présenter dans son plan amoureux. Elle hésitait. Fallait-il qu'elle dise les choses, pour ne pas laisser une ombre s'installer sur leur idylle naissante, ou se taire, pour prolonger ces instants de pur bonheur. Elle fit son choix en pensant à son père.

— Jean, j'ai quelque chose à te dire.

Le père se tourna vers Annie, avec un regard intrigué. Il perçut un voile sur son visage.

— Oui, Annie, ça va ?

Elle sortit son paquet de cigarettes Winston de son petit sac à main serré à sa taille, et lui en proposa une, la main tremblante, qu'il accepta aussitôt. Tous deux accomplirent en même temps les mêmes gestes, l'un décontracté, l'autre tendue, transformant l'angoisse qui montait en elle en une volute grise et éphémère.

— Ce n'est pas ce que tu crois et c'est difficile à dire, mais je n'ai pas le choix, tu dois savoir. Ma mère m'a raconté un jour une histoire d'avant-guerre entre mon père, qui n'est plus de ce monde, il est mort à la guerre, et un riche entrepreneur qui essayait de racheter tous les terrains autour de Talloires et à Saint Germain. Ça a créé des tensions entre ceux d'ici qui l'accueillaient les bras ouverts et les autres qui voyaient d'un mauvais œil ces « étrangers » les envahir. Avec sa fortune et ses relations, cet entrepreneur rafla rapidement une dizaine des plus belles parcelles du secteur. Rien ne semblait pouvoir l'arrêter avec sa façon d'intéresser financièrement des intermédiaires qui lui permettaient d'atteindre ses buts. Mon père et d'autres gars du coin n'ont pas supporté cela. Ils sentaient les dangers du développement du tourisme et l'attrait grandissant pour Talloires. Quand il fut question d'une parcelle sur le Roc de Cher en face du port, la colère monta encore d'un cran. Il fallait l'arrêter par tous les moyens. Le Roc de Cher devait rester un espace de nature préservée. Lors d'une soirée animée sur le port, il y eut un accrochage entre le propriétaire de la parcelle et mon père qui avait essayé de le convaincre de ne pas vendre. Rien n'y fit. Ils en sont même venus aux poings. Le lendemain, le chalet qu'avait construit l'entrepreneur était retrouvé brûlé, entièrement. Ça doit être celui dont tu me parles. Tout le monde accusa mon père, mais il affirma haut et fort que ce n'était pas lui. Il n'y avait aucune preuve. Cet incendie resta un mystère et n'empêcha pas le développement des constructions autour de Talloires. C'était inévitable, c'était dans l'air du temps.

— Et alors, on ne sut jamais ce qui s'était passé, qui était le coupable ?

— Non, mais ma mère m'a affirmé bien plus tard que c'était son mari, elle en était sûre.

— Et elle ne l'a pas dénoncé ?

— Non ! Il avait des arguments auxquels elle croyait, et qui étaient louables. L'argent ne devait pas tout écraser. Et puis la guerre est arrivée. Il n'en est pas revenu.

— Certes, je suis désolé pour ton père, mais c'est ignoble ce que tu me racontes là. Dans notre famille, cette histoire a créé un traumatisme. Je me souviens que ma mère ne voulait plus se rendre à Talloires. Elle avait pris peur. Même si la guerre nous obligeât à nous y refugier et qu'elle relativisa cette peur, il n'empêche, certains ne s'en sont jamais remis. Quel gâchis ! Regarde, Talloires est resté un havre de paix. Quelle était donc cette violence ? La nature appartient à tous et chacun est libre de faire ce qu'il veut de ses biens. Et tu me dis que c'est ton père qui a fait ça !

— Je suis navrée, Jean.

— Je n'arrive pas à y croire ! Quel déshonneur ! Je ne sais plus quoi te dire là.

Le père se retourna, jeta sa cigarette dans le ravin, attrapa son sac à dos au sol et, sans regarder Annie, s'éloigna de la grotte en colère, lui assenant :

— Il se fait tard, il faut qu'on rentre, je repars demain tôt au train pour retourner à Lille.

Il avait dit cela froidement, sans aucune considération. Pour elle, ce fut la douche froide, tout son plan venait de s'écrouler. Elle était perdue.

Le retour à Annecy, dans la Peugeot 203 du cousin du père, se fit en silence, entre les deux amoureux fous d'un jour, qu'une sombre histoire familiale d'incendie criminel et d'honneur, venait de mettre à distance définitivement.

Huit mois plus tard, avec la bénédiction du grand-père, le père confirma sa venue à son cousin et le rejoignit à Annecy. Le premier jour de sa prise de fonction, le cousin l'informa qu'Annie avait quitté la société pour suivre le jeune expert-comptable qui travaillait avec elle, mandaté par l'entreprise Annecienne pour faire les bilans. Elle en était tombée amoureuse soudainement et ils avaient déjà programmé un mariage. Elle avait, en même temps, intégré la société de son futur époux, à Grenoble, dans une précipitation qui l'avait surpris.

— Je l'aime bien Annie, et son mari m'est toujours d'une grande utilité. J'ai externalisé toute la comptabilité tu verras. Tu ne m'as jamais raconté ta sortie au chalet de l'Aulp avec Annie.

— Comme tu me l'avais rappelé au casino, je suis marié, c'était donc resté très courtois. Elle me parlait beaucoup de toi d'ailleurs. Elle était très reconnaissante. Tu me présenteras son mari. Sache que si je suis revenu, c'est pour le business, pas pour Annie.

De son côté, la mère avait suivi le mouvement du père, malgré sa grossesse et sa fille Claire, encore toute petite. Sans qu'on lui demande son avis, elle fut installée à Saint Germain, dans la grange, et non au chalet principal qui devait rester accessible pour les grands parents et le reste de la famille si besoin. On était à l'hiver 1956, le 1954, mais en pire.

Il était vingt heures, la température était descendue à moins dix. Dehors, le noir complet obligea le père, de retour à la grange, à laisser les phares de la Citroën DS allumés sur le parking. Dans le halo de la faible lumière, scintillaient de petits flocons de neige légers et dansants qui recommençaient à tomber, après l'accalmie des jours précédents. Cela créait un contraste avec l'agitation du père, grognant, à propos de cette météo infernale et de cet épicier incompétent et désagréable. Il était en train de décharger les courses qu'il avait faites de retour d'Annecy. Il fallait tout acheminer par l'escalier extérieur, gelé et glissant. La mère tâchait de l'aider au mieux, attrapant, sur le palier, les cageots et les sacs déposés par le père, tout en sachant le risque qu'elle prenait dans son état, enceinte, et proche du terme.

Alors qu'elle attrapait la dernière bouteille de lait échappée d'un sac, l'inévitable se produisit.

Il faut imaginer la scène d'effroi ce soir de février 1956 en plein hiver, à l'heure où tous les habitants sont réfugiés chez eux, l'heure où le père rentrait de son travail, accablé par la météo, par les courses, par le temps qu'il avait mis pour venir d'Annecy jusqu'à Saint Germain. Il allait retrouver sa femme, comme tous les soirs, depuis deux mois, figée, prostrée, le regardant d'un air suppliant, ou alors énervée, excédée même, lui reprochant froidement :

— Qu'est-ce qu'on est venu faire dans ce trou perdu ?

Elle avait froid toute la journée, et elle n'avait rien à faire, sinon tricoter ou faire le ménage, personne à rencontrer sur ce plateau retiré de Saint Germain qui lui était totalement inconnu, perché au-dessus de Talloires, dans ce manteau de neige généralisée, sali par des nuages bas installés pour toujours, après avoir englouti les sommets. L'atmosphère y était glacée, sclérosée.

— Mon dieu ! ça vient, je suis trempée !

A ce moment, elle venait de perdre les eaux, au milieu des courses posées au sol, dans la cuisine. Tout en elle s'effondra. Elle était sidérée, pliée en deux, cherchant un appui. Mais quand Claire, accrochée à sa jambe, se mit à pleurer, apeurée par l'état d'affolement de sa mère, elle se releva brusquement, dans un instinct de survie et hurla à la face de son mari qui attendait les instructions en silence en la regardant, les bras ballants, cigarette à la bouche, inutile.

— Dépêche-toi, prends le sac dans le salon, vite, appelle la sage-femme, vite ! Habille Claire, là, son manteau, prends la couverture en plus. Grouille ! … Mon dieu, ça y est, ça devait arriver, donne-moi mon manteau, j'ai trop peur…Il faut y aller !

La route était dangereuse, sous une neige maintenant à gros flocons. Cinq kilomètres de descente avec virages en épingle et une visibilité presque nulle. L'allure était obligatoirement au ralenti, à l'inverse de l'urgence de la situation. Tous les deux ne se parlaient pas, Claire s'était tue elle aussi, respectant déjà la place qu'allait prendre son frère dans la famille. On entendait juste les gémissements de la mère, amplifiés lors de la traversée des tunnels, comme les échos d'une descente en enfers, et qui ne faisaient qu'accroitre la peur partagée qui s'était installée au cœur de l'habitacle.

Après quinze minutes de route en apnée, les lumières du cœur de Talloires enfin perceptibles, ils retrouvèrent, devant chez elle, la sage-femme qui les attendait dehors sous la neige, déjà prête. La mère, un peu rassurée, sortit de la voiture pour la rejoindre, et se tourna vers son mari.

— Jean, tu remontes illico là-haut pour faire les cartons. Je ne remettrai pas les pieds dans cette grange tu m'entends ! On rentre à Lille.

Elle allait accoucher d'un fils, elle en était persuadée et elle voulait pour lui les meilleures conditions pour ses premiers pas dans ce monde. Surtout pas cet abri rudimentaire, cette grange inconfortable, ce « refuge » de haute montagne dont le seul intérêt ne résidait que dans la vue sur une chapelle, fut-ce celle de Saint Germain. Elle avait dévoilé pour la première fois avec brutalité toute l'énergie qu'elle aura sa vie entière à protéger son fils. Même pas encore né, elle avait déjà ressenti sa fragilité à venir, la protection dont il aurait besoin, plus qu'un autre.

Le père obtempéra, laissant Claire à la fille de la sage-femme, qui le sauva d'une situation qui l'aurait dépassé.

François naquit le 6 février 1956 dans la nuit, chez cette sage-femme de Talloires. En silence. Son arrivée, si calme, n'inquiéta personne. Au contraire, sa mère voyait déjà, là, l'instauration d'un lien inconditionnel entre eux. Ce calme auquel elle aspirait, ce besoin de stabilité, face aux tendances frivoles, inconséquentes et infidèles de son mari. Cela confirmait son pressentiment. Elle vivrait avec François une relation intense.

Chapitre 2- FRANÇOIS

La petite enfance

Dans le jardin, sous l'effet de rafales successives, les feuilles du grand hêtre formaient une nappe de cellules rondes et vertes, nerveuses et synchrones, aux mouvements harmonieux. Le vent jouait de sa baguette, plus haut, plus bas, plus agité ou plus calme et François était son assistant. A moins que ce ne soit le regard de François qui, tête haute, indiquait au vent les directions à prendre et son sourire la puissance à donner. Il y avait une réelle osmose dans cet échange qui se produisait de temps en temps depuis la fenêtre de sa chambre et qui pouvait durer de longs moments, sous l'émerveillement de sa mère qui cette fois s'en amusa aussi :

— Attention, François, si tu louches à l'instant où le vent s'arrête, tu vas voir toute ta vie en double !

Et elle se mit à loucher elle-même pour lui montrer, rigolant de sa propre blague. Il lui sourit à peine en retour, l'air intrigué, et se retourna vers l'arbre, trop occupé à son travail.

Assis sur son tabouret, il avait le physique d'un ange. Le coude gauche toujours posé sur une cuisse et sa main gauche soutenant délicatement le menton, l'index glissant sur la joue. La main droite posée sur le genou, brassant l'air parfois pour converser avec le vent. Quelques cheveux frisés sur un large crâne, au sommet d'une tête toujours un peu penchée, trop souvent vers le bas, à ce rare moment vers le haut. Son visage, très doux, à peine souriant, enchantait toutes les personnes qui s'intéressaient à lui. Sa mère en était fière. Sa vie se déroulait en douceur, elle était enceinte de son troisième enfant et avait accédé à ce qui lui semblait être l'essentiel pour son bien-être et celui des siens : une maison avec jardin. Elle ne voyait pas que, si ces personnes regardaient François si intensément, ce n'était pas seulement pour son sourire si mignon, pour son visage d'ange, non, c'était pour ce petit quelque chose de différent qu'il portait, indéfinissable mais différent. Ce genre de choses qui, si François avait eu vingt ans de plus, auraient au contraire fait détourner leur regard.

Le hêtre occupait le centre d'un jardin minuscule, coincé entre trois murs mitoyens en briques. La maison était située dans une petite rue traditionnelle de La Madeleine, commune adossée à la ville de Lille où le père avait réintégré l'usine familiale après ses déboires annéciens.

Avec les maisons mitoyennes, vous aviez très vite un sujet de discussion avec votre voisin. Parfois sur une passion partagée, le plus souvent sur une limite à partager. Quand le père rentra ce jour-là, il croisa le voisin qui ne manqua pas d'engager la conversation. Pas de quoi déranger le père, au contraire, il n'existait qu'en échange avec les autres, adultes il va de soi, et dans la limite de leur niveau d'obstination concernant ses voisins.

— Dites cher voisin, il faudrait penser à élaguer votre arbre, comme on avait convenu la dernière fois.

— Ah oui ! désolé, c'est ma femme, elle doit s'en occuper, avait répondu le père.

— Et qu'est-ce que vous attendez ? ça devait être fait l'hiver dernier.

— Oui, mais c'est pas simple, comprenez-nous ! C'est pas qu'on ne veut pas, mais on peut pas ! C'est notre fils, François, il a trois ans et il est un peu spécial. Il est fasciné par l'arbre et ma femme dit que, si on le coupe, il va mal le vivre, vous comprenez ? Comme c'est déjà assez compliqué avec lui, et en plus elle attend son troisième, alors je ne peux rien faire. Si ça ne tenait qu'à moi je l'aurais déjà supprimé.

Pressé de rentrer chez lui cette fois ci, et se sentant pris au piège, il ajouta :

— Et puis, après tout, on est encore chez nous !

Il était en train d'ouvrir la porte d'entrée de sa maison, tournant déjà le dos à son voisin, à qui il ne restait plus qu'à faire pareil. Les deux portes étaient côte à côte, face au trottoir. La seule différence entre elles était la hauteur de leur seuil, avec une marche de plus pour celle du père. Cela pouvait paraître négligeable, mais pour lui c'était essentiel.

Dans la rue Carnot, on pouvait reconnaitre la façade de sa maison à la richesse de son vocabulaire décoratif, plus travaillé que celle des voisines, toutes de la même époque, dite 1930. La sienne avait une dizaine d'années supplémentaires, 1920, de style néoclassique, avec aussi une parcelle plus large, grâce à ses garages adossés. Une transformation du style des façades qui était l'exact reflet de l'évolution de la situation économique de l'époque. Soubassement à bossage, linteau, encadrement, saillie, cintre, console, claveau, parapet, frise, chien assis, bas-relief, décor floral, poinçon, fleur de lys, blason, tous ces riches éléments décoratifs et reliefs en pierres de taille blanches donnaient toute sa splendeur à la façade des années 20, là où quelques modénatures en briques de couleurs différentes scandaient les façades années 30. Un contraste saisissant. L'une était bavarde, insouciante, les autres quelconques, se noyant dans une répétition monotone. Il n'était donc pas étonnant que le père ait choisi cette maison, juste là, dans cette rue-là, pour se faire remarquer, comme l'unique, l'original, même si sa façade n'égalait pas l'élégance des superbes façades du grand boulevard et que son jardin était ridiculement petit. Cela n'augurait pas, pour sa famille, une taille finale à la hauteur de celle de ses ancêtres. Avec vingt et un enfants, il fallait avoir un jardin bien large, et du recul, pour pouvoir prendre la photo de famille, avec les frères et sœurs tous alignés du plus grand au plus petit, entourés par les nounous, cuisinières et autres jardiniers. A la génération du père, cette amusante et impressionnante tradition bourgeoise commença à disparaitre, à cause de la taille des jardins… Paul allait arriver en troisième place et il serait le dernier.

La discussion avec le voisin, finalement rabroué, avait ragaillardi le père qui rentra ce soir-là en pleine forme. Comme à son habitude, après avoir déposé sa gabardine au porte manteau des invités, il entra dans le petit salon sur rue, attrapa sa pipe, prit le temps de s'en préparer une et l'alluma. Puis, à la place de son rituel qui consistait à prendre place dans son fauteuil pour y lire le journal préparé par sa femme, ce jour-là, il ouvrit grand les hautes portes vitrées sur la salle à manger et appela Claire, occupée en cuisine avec sa mère.

— Claire, apporte-moi un verre de Suze, s'il te plaît. Maman va te le préparer.

Puis s'adressant à sa femme :

— Agnès, j'ai une grande nouvelle à t'annoncer : je vais quitter le Fil Lillois pour monter ma propre entreprise.

— Ah bon, tu es sûr ?

— Oui, j'ai trouvé le filon. Le fonds de commerce d'une petite imprimerie à racheter. Elle vend des jeux de société pour adulte, des cartes à jouer, échecs, dames, et des tapis de cartes aussi. Il y a de l'avenir.

— On pourra jouer avec toi, Papa, lui dit Claire, le verre de Suze à la main.

— Mais oui ma fille, quand tu seras une adulte ! Je rigole... Je pourrais t'apprendre un jeu de carte si tu veux : la crapette — le seul jeu de carte qu'il connaissait ! —

Claire en profita pour monter sur les genoux de son père qui venait de s'asseoir tout en portant un regard fier vers sa femme.

— Je vais compter sur toi, Agnès, c'est important, je vais poser là les premières pierres de ma réussite dans les affaires.

Le père avait une très haute estime de sa personne. Grâce à sa taille, qui lui permettait de voir les autres de haut, à sa silhouette fine et élancée, qui lui permettait de se faufiler et de se rendre facilement là où il le voulait dans les rassemblements mondains. Son grand front dégarni sous ses cheveux en brosse lui donnait un air d'intello, ce qu'il se plaisait à laisser paraître, avec ses lunettes rondes en écailles qui cachaient de petits yeux malicieux. Mais ce qui avait plu à sa femme, chez lui, se trouvait dans la forme de son visage, bien carré, équilibré, avec un nez franc et fier. Une sorte d'assurance pour l'avenir, avec sa voix posée qui la rassurait, malgré ses paroles un peu « bavardes ». Sûr de son allure, il était aussi porté par ses origines bourgeoises, celles qui, selon vos dispositions, vous offraient une assise solide pour vous aider à vous envoler, ou vous laissaient avec un poids insupportable qui vous enfonçait un peu plus chaque jour.

A ce moment, dans le salon, le père était installé dans son fauteuil club, avec sa Suze, prêt à décoller avec sa petite entreprise, la mère à ses côtés, encore debout, pour un temps.

Dans un coin de la salle à manger, François était assis par terre, comme à son habitude. Il observait la scène en silence, le regard tantôt sur Claire tantôt sur sa maman. Il aurait bien pris la place de sa sœur sur les genoux de son père. Il aurait aimé que sa mère le soutienne, demande à son père, il était peut-être encore temps. Il repensait à ces feuilles dans le hêtre qui semblaient avancer à grande vitesse en faisant du sur place. Il convoqua le vent, lui demandant de l'aider à bouger, à aller vers le salon. Un petit courant d'air frais se leva en lui et il se mit à avancer à son rythme.

François, à trois ans, était sage. Si discret qu'on pouvait l'oublier. Sa mère ne s'inquiétait pas encore du fait qu'il ne marchait que très peu. Il préférait se glisser sur ses fesses, assis, s'aidant des mains et des pieds qu'il ramenait doucement vers les genoux comme le font les adeptes du canoë.

Son père s'adressa à lui :

— C'est pas en restant posé sur tes fesses que tu vas grandir François. Lève-toi, marche, montre-nous !

Puis s'adressant à sa mère :

— Va le mettre debout. Cet enfant me perturbe avec son sourire béat. On ne sait pas ce qu'il pense…

— Dis pas ça, c'est méchant, lui rétorqua sa femme, irritée.

— Comment veux-tu qu'il progresse si tu prends sa défense tout le temps. Il va te le reprocher un jour de l'avoir laisser végéter comme ça. Tiens j'y pense, le voisin m'a reposé la question du hêtre, il faudra bien s'en occuper !

— Pas question ! tu le sais bien !

Elle prit François par les épaules en le soulevant délicatement.

— Allez, François, debout ! Montre-nous !

François résista, longtemps, en regardant son père fixement dans les yeux. Ses sourcils ne bougeaient plus, son sourire permanent s'était éteint. Il lui faisait comprendre clairement qu'il ne voulait pas marcher sur ses jambes. Du haut de ses trois ans, il savait précisément ce qu'il ne voulait pas. Son langage, vide de mot, passait par son corps, si petit mais déjà endurci, face à l'adversité, installée là, en face de lui.

Le père, fuyant comme souvent, changea de sujet :

— C'est bon, Agnès, laisse-le, tu verras cela plus tard. Je vais avoir besoin d'investir la cave de la maison pour démarrer l'activité. Je dois récupérer un peu d'outillage et de matériel, une petite presse, du rayonnage encore présent dans les locaux de cet imprimeur. Ça fait partie du rachat. On va s'organiser pour le démarrage.

La mère reposa François au sol, sur ses fesses. Le père avala une gorgée de Suze. La petite Claire, assise maintenant sur l'accoudoir du fauteuil, regardait François, d'un air attristé.

— Moi je vais lui apprendre, je vais lui montrer, je le tiendrai par la main, hein François !

François retrouva son sourire et avança de nouveau vers sa sœur. Elle le rejoignit, accroupie par terre. Leur mère était aux oiseaux.

Pour elle, il était important de respecter les priorités qu'elle s'était données dans la vie depuis son mariage. Son mari passait en premier, elle voulait être à son service pour qu'il puisse exprimer tout son talent qu'elle n'avait pas encore vu mais qu'elle pressentait, tant il était à l'aise dans la vie, en société, en beau parleur. Il était à son opposé, elle qui détestait les mondanités, les grandes réunions de famille, les fêtes bruyantes et bavardes. Mais elle avait aussi compris qu'elle ne pourrait pas construire un foyer modèle sans participer à toutes ces conventions. Elle comptait sur lui, se réservant les enfants. Elle pensait cependant que l'amour qu'elle ressentait pour eux ne devait pas entraver leur éducation qu'elle voulait exemplaire. Les enfants passaient donc après son mari. C'est comme ça qu'elle pensait sa vie, à ce moment-là. L'épisode de l'accouchement de François avait été un coup de folie égoïste. Le père l'avait remise dans le droit chemin par la suite, arguant que de toute façon il ne s'entendait pas avec son cousin et qu'il n'avait donc pas d'avenir à Annecy, ce qui expliquait pourquoi il avait accédé à sa demande expresse de retour à Lille. La mère le crut, sans se poser de question. C'était encore le début, c'était l'été, son mari allait avoir son entreprise, elle lui faisait confiance, elle n'aurait pas pu rêver mieux.

Quelques mois passèrent avant que le père ne déménage l'imprimerie dans sa cave. Son projet avait abouti et il n'y avait pas de temps à perdre. Il pensait bien embaucher très vite une petite main pour l'aider à l'emballage et à la manutention de tous ces jeux, car les clients ne manquaient pas. En attendant, il avait réquisitionné sa femme qui devait rester à son service, à n'importe quelle heure, selon ses besoins. Elle était enceinte. Elle obtempéra pourtant. Elle croyait à l'enjeu de ce lancement. Claire allait au jardin d'enfants. François était encore trop petit pour l'accompagner. Pour le caser, le père avait trouvé une solution toute simple afin qu'il ne les dérange pas pendant leur activité. Il suffisait de l'enfermer dans sa chambre au premier étage. Il devrait rester sage, comme à son habitude. La fenêtre pouvait rester ouverte, pour qu'il échange avec le grand hêtre.

C'était une pièce carrée, la cheminée était au centre, le lit sur la droite, l'étagère sur la gauche. En face, à côté de la porte, il y avait une commode trois tiroirs, pour les habits. Un petit tabouret posé sur le parquet faisait face à la fenêtre, un chat en peluche, et quelques dessins d'enfants accrochés sur les murs en papier peint bleu, complétaient l'aménagement, tout en sobriété. A chaque fois que la mère retournait chercher François, il était assis au milieu de sa chambre, sur le tabouret, et il regardait l'étagère et ce qu'il y avait dessus. Elle avait beau essayer de lui faire faire une sieste l'après-midi, en le posant dans son lit à barreau, il savait en descendre. Il se plantait toujours au même endroit, en silence, l'air triste. Avant d'aller rechercher sa sœur Claire au jardin d'enfants, elle allait le récupérer. Les jouets dans sa chambre n'avaient pas bougé de place. Il semblait de plus en plus absent, atone, au fur et à mesure des semaines qui passaient.

Elle ne s'inquiétait pas pour autant. Il y avait encore ses moments d'échange avec l'arbre. Certains matins, il pouvait être plus actif. Il devait jouer un peu avec ses petites autos Dinky-toys et ses petits animaux en plastique, dont des chevaux qui le passionnaient déjà. Quand elle retournait le voir, il lui montrait aussitôt où il rangeait chacun de ses jouets, malgré son âge, toujours au même endroit, sur la grande étagère. François passa ainsi plus de la moitié de ses journées, seul, en silence, avec son petit monde, avec le même rituel, enfermé dans sa chambre, pendant plus de trois mois.

Un après-midi, la mère entendit un bruit violent venant de l'étage. C'était fin octobre 1959, Paul avait bien grossi et il s'apprêtait à découvrir enfin le son de sa voix. Ce jour-là, son grand frère François activa son impatience. La mère ne sut pas s'empêcher de se précipiter depuis la cave et de monter quatre à quatre les marches d'escalier. Alors qu'elle allait perdre les eaux, elle le vit debout, devant la cheminée, à moitié en pleurs, le visage rouge écarlate, les lèvres baveuses, les poings crispés, le corps tendu à l'extrême, prêt à éclater. A ses pieds, l'étagère, renversée, avec tous ses jouets éparpillés dans la chambre.

Paul est né dans la soirée, après que sa mère eut perdu les eaux dans la chambre de François, eut imploré le père pour qu'il vienne se rendre compte, qu'il aille attraper son sac déjà prêt, qu'il aille téléphoner au jardin d'enfants, pour indiquer que quelqu'un d'autre viendrait chercher Claire et qu'il aille habiller François pour l'emmener.

Arrivée à la maternité, à peine prise en charge par une infirmière à la sortie de la voiture, elle s'était retournée vers le père et lui avait dit :

— Tu amènes François chez Marie-Pierre et après tu te débrouilles pour trouver un local dès demain, tu embauches quelqu'un et tu débarrasses la maison de ton activité.

Il n'y eut encore une fois aucune réaction de la part du père. Ahuri, il s'était retourné vers François, qui n'avait pas desserré les dents, ni les poings, depuis la maison. Il fit face à son regard figé, accusateur. Arrivé chez Marie-Pierre, lorsqu'il voulut l'attraper pour le faire descendre de la voiture, celui-ci se débattit en hurlant. Il lui était impossible de le toucher. François était à fleur de peau. Au dépourvu, le père finit par fixer lui aussi son fils, en silence. Décidément, il ne comprenait rien à cet enfant. Il fut sauvé, encore, cette fois, par Marie-Pierre qui était allée chercher Claire au jardin d'enfants et qui sut calmer son neveu. Ce fut la première crise profonde de François, le jour des premiers balbutiements de Paul.

Chapitre 3 - FRANÇOIS

Vacances à Talloires

A l'été 1963, le père avait enfin obtenu de sa cohorte familiale un séjour de huit jours, à la fin août, pour profiter du chalet à Talloires. Dans une telle famille nombreuse, porter la voix haute était indispensable pour subsister. C'était une première pour sa petite famille. Construit vingt-cinq ans plutôt dans le petit bois qui faisait face à Saint Germain, ce chalet était accessible depuis la route qui montait au col de la Forclaz. Tout au bout d'un chemin en légère pente, le chalet apparaissait derrière un boqueteau de sapins et de hêtres, à l'abri des regards. De chaque côté du chalet, deux petites prairies, l'une, en amont, légèrement pentue, l'autre, en aval, très pentue, tournée vers Talloires. Toutes les deux servaient de terrains de jeu pour les enfants, protégées par le bois principal. Il émanait de ce lieu calme et sérénité. C'était une sorte de cocon dont toutes les parois végétales vous orientaient vers le lac, majestueux.

Le chalet, par lui-même, était impressionnant. D'une grande pureté architecturale, il était posé sur un socle en pierre qui abritait les locaux techniques et de rangements. Dessus, une masse rectangulaire tout en bois sombre, faite de madriers et de bardage, lui conférait un aspect simple, traditionnel, avec sa toiture à deux pentes parallèles au lac, en saillie des murs bardés. En façade, côté montagnes, tout en discrétion, les percements n'apparaissaient qu'après l'intervention du premier vacancier, tout juste arrivé, qui, de l'intérieur du chalet, venait pousser les uns après les autres les volets bois de chaque fenêtre. Pas de détail inutile, tout était sobre, à l'image de la génération qui l'avait fait construire. Côté lac, on retrouvait la même sobriété avec cette fois des fenêtres plus larges. Le vacancier, après l'ouverture du volet, faisait en plus une pause, pour admirer la vue. Il y avait aussi de ce côté la grande terrasse en bois, adossée au chalet, perchée à trois mètres sur ses pilotis. Pour y accéder, quatre fenêtres avaient été remplacées par quatre portes fenêtres, donnant sur le salon et la salle à manger.

A leur arrivée, après avoir déchargé et rangé tous les bagages pendant que les enfants repéraient les aires de jeux autour du chalet, le père et la mère les invitèrent à se poser ensemble sur la terrasse suspendue, pour admirer la vue. Le décor était somptueux, Paul le découvrait pour la première fois, tout comme Claire. Ils étaient déjà là, tous les deux, les pieds sur la première lisse du garde-corps, pour s'élever, et voir encore plus loin. Le père surveillait Paul. Sa mère regardait François, en retrait. Il avait laissé un mètre entre lui et le garde-corps, la tête penchée vers les lames de plancher largement ajourées, le regard angoissé, comme s'il flottait, les pieds posés sur cette terrasse en pointillés. Ce paysage grandiose devait l'effrayer, sans doute envahi par une émotion qui le dépassait, qu'il ne pouvait restituer par aucun endroit de son corps. Encore une fois c'est Claire qui finit par le prendre par la main, et, par ses mots, lui permit de s'avancer, l'invitant à poser les mains sur une lisse bois et lever la tête pour admirer, simplement. Tout de suite après, le père réclama une Suze. Sa femme lui prépara l'apéritif.

Depuis la naissance de Paul, François avait intégré à son tour un jardin d'enfants à la Madeleine. Ça lui allait bien, ainsi qu'au père et à la mère. Les différentes puéricultrices le trouvaient bien sage et lui conféraient même certaines réelles capacités derrière sa discrétion.

On ne lui faisait pas faire ce qu'il n'avait pas envie de faire, mais quand il aimait quelque chose ou quelqu'un, il l'exprimait, pour ceux qui voulaient bien l'entendre. C'était le cas pour le dessin, qu'il s'appliquait à réaliser avec précision, avec des modèles bien à lui : cheval, chat, poule, lapin, voiture, mais pas n'importe laquelle. Il pouvait distinguer la voiture sans toit, la décapotable, et celle avec toit. Son père voyait là le signe d'un développement bien à lui, d'une certaine forme d'intelligence. Certains de ses dessins prenait une forme plus abstraite que seule sa mère réussissait à déchiffrer. Il essayait, disait-elle, de dessiner son hêtre, celui de son jardin, bien vivant, mouvant, bruissant de toutes ces feuilles. Elle y voyait tout son être sensible. Et elle n'arrêtait pas pour cela de remercier les puéricultrices de ce « jardin pour enfants » en charge de François Un premier soutien, dont elle avait déjà bien besoin.

C'est dans ce contexte positif que ces vacances à Talloires avaient été organisées. Occuper le chalet était déjà une aventure en soi, tant il y avait de pièces accolées et superposées, la plupart étant des chambres. Il fallait bien loger les innombrables oncles et tantes pendant les vacances après-guerre. Le père fit remarquer à ses enfants, dans les planchers bois de la plupart des pièces en étage, une sorte de trappe au sol qui permettait de jeter un coup d'œil dans la pièce située en dessous. Leurs dimensions, vingt centimètres par vingt centimètres, pas de quoi tomber dedans, les rendaient propices à laisser passer un regard ou capter une conversation, en toute indiscrétion ! L'existence de ces trappes s'expliquait par la nécessité de faire monter la chaleur aux étages depuis les deux seuls poêles à bois situés dans le salon et la salle à manger. Pendant ces vacances, l'utilisation qu'en fit Paul prit une tout autre forme. Il en fit une multitude de porte-voix pendant les parties de cache-cache pratiquées avec frénésie. Tout le monde jouait, même François, qui préférait rester dans le salon ou la salle à manger où il trouvait à se cacher efficacement, derrière sa mère. Lui ne se trahissait pas par sa voix. A l'inverse, Paul utilisait, à tous les étages et avec abus, ces petites trappes, pour braire et brouiller les pistes de ses parcours de cachette. Claire était hilare, se trahissant au passage. Il pouvait être à droite à gauche, au premier au deuxième. Le chalet devenait une énorme caisse de résonance à ses bêtises. Il était le plus heureux des enfants. Malheureusement, son père avait fini par lui demander de se calmer. Paul décida de passer outre. Il amplifia son jeu pour épater encore un peu plus sa sœur et son frère. La sentence tomba : une demi-journée complète enfermé dans une pièce de rangement du rez de chaussée, sans fenêtre, ni trappe. Il avait quatre ans et sa mère laissa faire. Elle ne s'affirmait pas pour les punitions concernant Paul et celles de sa sœur. Sur ce sujet, son mari était le maître, comme dans toutes les familles de l'époque. Mais quand la bêtise venait de François, c'était le conflit systématique, sa mère n'acceptaient pas le régime de punitions qui était infligé à ses autres enfants. Depuis l'accident de l'étagère, elle prenait systématiquement sa défense. Dans son enfance, parmi ses dix frères et sœurs, elle n'avait pas eu accès à la parole, écrasée par la personnalité de certains ou certaines dont Marie-Pierre. Et par la personnalité de son père, qui avait l'art de l'humiliation. Lorsqu'elle n'arrivait pas à terminer un repas, quelles qu'en soient les raisons, les restes étaient emballés puis mis dans un petit sac en tissu accroché à son cou, sac qu'elle devait garder toute la journée, y compris à l'école.

A peine libéré de sa geôle, Paul partit rejoindre François qui était assis dans la prairie du haut, dos à la pente, regardant un grand hêtre qui la surplombait, ignorant le chalet derrière lui. Cette position lui donnait l'allure d'un idiot qui n'avait pas compris l'intérêt du lieu. Paul fit plusieurs fois le tour de son frère, sans que cela ne le perturbe, avant de reprendre la parole.

— Et si on allait dans le bois ?
— …..
— Tu veux pas venir ?

Sans réponse de la part de son frère, Paul prit la direction du bois voisin, seul, afin d'attiser sa curiosité et en même temps se mettre à l'écart du père. A l'aide d'une grosse branche, il y pénétra et se fraya un chemin, à l'horizontal, n'osant entamer l'assaut d'une pente, ni vers le bas ni vers le haut, parmi le bataillon de pins qui l'entouraient. En se retournant, il parvenait encore à voir François et la silhouette du chalet, alors il persévérait, comme un point d'honneur face à la méchanceté de son père. Un son lointain, continue et puissant, commença à envahir le bois, couvrant petit à petit le bruit des cimes dans le vent. Il s'imposait au fur et à mesure de ses pas, au fur et à mesure de son éloignement de François, du chalet, du père. Paul entrait là en contact direct avec la nature, empreint d'une confusion de sentiments dont la peur, qui finit par s'imposer. Obligé de sortir ses défenses face à cet agresseur invisible, il se mit à parler tout haut, de tout et n'importe quoi, suffisamment fort pour faire taire dans ses oreilles ce bruit inconnu et incessant.

Quand sa mère le retrouva un quart d'heure plus tard, orientée par l'écho ininterrompu de sa voix, elle le vit en train de converser avec un champignon dont le profil bien dodu lui faisait penser aux Schtroumpfs, créatures que sa sœur chérissait. Il ressortit du bois un peu secoué par cette aventure, avec le père et la mère affolés, qui n'arrêtaient pas de remercier François. Il leur avait tout simplement dit : " Paul il est pati ", en montrant du doigt le bois qui séparait le chalet de la cascade du Saut du Moine, accroc de quarante mètres dans le lit du Nant du Craz, tout proche.

Dans le respect des trois aspirations du grand-père qui avaient conduit à la création de ce lieu familial incontournable, se rendre au lac, situé deux cents mètres d'altitude plus bas, pouvait se faire à pied. Pour leurs vacances, il s'agissait surtout de profiter de la plage de Talloires. Depuis le chalet, il était possible, malgré le relief abrupt, d'y descendre sans reprendre la route. La veille, le parcours se fit en voiture car il y avait des courses à remonter. Pour ce jour, ils allaient suivre le chemin du patriarche. Le raidillon commençait en bas de la prairie basse, directement dans le bois. Ils quittèrent le chalet dans la matinée, pique-nique dans le sac, avec l'objectif d'être à la plage en début d'après-midi. Paul découvrit cette fois la marche en pente raide, sur un chemin « privé », connu et emprunté uniquement par la famille, certes nombreuse, mais insuffisamment pour en faire un chemin bien marqué. Chacun descendait doucement, prudent, avec le père toujours devant, en éclaireur. L'atmosphère était sèche, un peu poussiéreuse, malgré l'ombre des arbres. Par moments, on pouvait entendre le son lointain de la cascade, celui, intense, que Paul avait affronté lors de sa petite fugue.

— C'est une cascade impressionnante, avait dit le père. La cascade du Saut du Moine ! Quand vous serez plus grands, je vous y emmènerai, si vous voulez, pour ceux qui n'ont pas peur, avait-il ajouté en regardant François.

Ils étaient à une intersection avec le chemin qui prenait deux directions, l'une vers la cascade, l'autre vers Talloires.

— Moi, j'ai plus peur papa, je veux y aller !

Paul avait hurlé cela en sautant sur place, tout en faisant un tour à 360° sur lui-même, pour que tout le monde l'entende bien.

— Hé, regardez ce que j'ai trouvé là !

Dans sa cabriole, qui avait pris l'allure d'une toupie en fin de course, Paul s'était stoppé net, proche d'un dôme de paille régulier d'une hauteur de soixante centimètres au pied d'un sapin. Il s'avança, avec ses tongs — Oui, c'étaient bien les chaussures de plage qui leur servaient pour la randonnée. Il n'y avait pas de petites économies — Puis il entreprit de soulever la paille avec une branche trouvée par terre, pour voir quel trésor ce dôme abritait.

— Paul !!! que fais-tu ? Ote-toi de là. Vite.

— Maman !!!

Une horde de fourmis grosses comme des mouches était déjà montée sur ses pieds, ce qui le fit hurler. Elles étaient impressionnantes, surgissant subitement par centaines. Il était subjugué. Sa sœur, encore une fois, s'esclaffa. Le père, quant à lui, tourna autour de la fourmilière. Il voulait montrer de plus près à François :

— Viens voir, viens François. C'est pas méchant, viens. n'aie pas … !

— Laisse-le, le coupa la mère, arrête, laisse le tranquille !

François, d'abord figé, se mit à tourner la tête, recula, puis revint, doucement, la tête en avant, le corps en arrière, en suspension. Inquiet, il finit par secouer les pieds, confondant épines de pin et fourmis. Un nuage de poussière commença à l'envelopper. Il dit :

— C'est gos, c'est des fou mi, ça pique, trop, y en a combien, pique ?

Il s'affolait, secouant les jambes, les bras, son visage se crispa.

— Non, ça pique pas, c'est des fourmis noires, elles sont grosses, mais elles ne sont pas méchantes, il faut juste les laisser tranquilles. Il ne faut pas faire comme Paul, c'est idiot !

Sa mère tenta de le rassurer, comme toujours, avec ses mots. Dans ces moments-là, toute tentative de contact physique avec lui, de gestes tendres et rassurants, pour le calmer, était impossible. Elle voyait bien que même les mots ne l'atteignaient pas, comme s'il n'y avait plus de relation possible. Inconscient de ces choses-là, Paul dit naturellement :

— Viens, François, on va aller les noyer dans le lac. On est les plus forts.

Paul avait toujours entre les mains la branche sur laquelle s'agrippaient encore quelques fourmis.

— M m m, savent pas nager...

— Oui c'est ça, elles vont couler, direct... Bien fait pour elles !

Paul avait eu le mot pour rire. Le père et la mère lui sourirent. Il était fier.

— Je suis champion pour parler, meilleur que Papa!

A ces mots, seule la mère garda le sourire.

Ils reprirent la descente, doucement, en silence, jusqu'à une très grande clairière qui offrait un nouveau point de vue sur le lac. C'était l'heure du pique-nique. La mère repéra un coin à l'ombre sous une haie de petits hêtres, en bordure de la prairie. Elle y déploya une nappe à carreau qu'elle étendit sur l'herbe, et invita sa petite famille à s'asseoir. A peine celle-ci fut-elle installée, qu'une buse fit irruption, débusquée de la haie voisine par leur présence. L'amplitude majestueuse de son envol capta l'attention de Paul pendant un long moment. Que pouvait-elle voir de là-haut ? Il s'imaginait à la place du rapace, contemplant un peu plus bas la plage de Talloires, ses eaux limpides, ses toboggans, ses pontons et son marchand de glace caché sous le parasol. François aussi était captivé par cet envol. Qu'imaginait-il, lui, à la vue de ce spectacle ? Personne n'en savait rien. Il fut le dernier à s'asseoir, souriant.

— Va où l'oiseau ?

— C'est un aigle, ajouta le père, pour impressionner ses enfants.

— On ne sait pas, répondit la mère, on l'a peut être dérangé.

— Oiseau parle pas, y chante !

Cette petite phrase, l'air de rien, contenait autant de sens pour François que n'en contiennent les discours des plus grands orateurs. Il l'installa tout au fond de lui.

De son coté, Paul s'empressa d'engloutir le pique-nique préparé par sa mère, pour inciter tout le monde à repartir. La plage les attendait, leur glace bien méritée aussi.

Ils arrivèrent comme prévu en début d'après-midi. Paul se précipita au marchand de glaces avec sa sœur et François. Un plaisir qu'ils allaient partager à trois, à l'écart du père et de la mère. C'est Claire qui paya, fière de sa responsabilité. Paul réclama sa glace tout seul, François, lui, laissa faire sa sœur. Elle s'occupait bien de lui, elle connaissait ses goûts. Chacun avec sa glace, tout en sueur de la randonnée, souriaient à pleine bouche. L'après-midi démarrait fort.

Au programme, alors que Paul avait un rendez-vous avec un maître-nageur, Claire retrouva une copine de la veille. Elles nagèrent jusqu'au ponton plongeoir qui flottait sur le lac. Paul espérait pouvoir faire comme elles, très rapidement. Il n'avait pas peur, il y mit toute son énergie, sans résultats. Il n'y arrivait pas, il coulait. Le maitre-nageur avait beau lui tendre sa perche pour l'aider, c'était encore pire, elle l'encombrait, car il ne voulait pas abandonner, il voulait y arriver seul. La perspective de la récompense en bonbons, promise au départ de la séance, ne l'aida pas plus. Assis sur un banc au bord de l'eau, la mère et François le regardaient, dépités. Sa triste prestation n'encouragea pas François à se lancer. Ou plutôt n'encouragea pas sa mère à insister pour qu'il essaye. Le maitre-nageur distribua quand même les bonbons, à François aussi. Il se passa quatre ans de plus avant que Paul ne sache réellement nager...

Avec la mère, ils retournèrent aux serviettes installées sur l'herbe de la plage. Pas de sable au lac d'Annecy, mais une herbe bien grasse, parcourue d'une multitude de petites fourmis. Cette fois, elles n'affolèrent plus François.

— Couler fourmis ! avait-il dit à Paul.

Paul ne répondit pas, la perspective de couler ne le faisait plus rire.

Allongée sur sa serviette, la mère portait de temps en temps le regard vers son mari qui les avait abandonnés pour rejoindre quelques connaissances un peu plus loin. Comme toujours, il monopolisait la conversation. Les hommes, dont son cousin le fabricant de tapis, le charriaient, tous debout autour de lui, pendant que les femmes, allongées, seins galbés dans leur bikini, le regardaient, silencieuses, avec un grand sourire.

Au milieu du groupe, Annie était présente, venue avec son mari et leurs fils de sept ans qui jouait bruyamment avec d'autres enfants, régulièrement repris par leurs mères, sans résultat. Le niveau sonore des piaillements d'enfants et des rires adultes dépassait largement celui des remontrances parentales. Annie observait elle aussi intensément le père, suffisamment pour intriguer la mère qui scrutait le groupe. Se trouvait là, dans cette scène, dans ce malaise en gestation, tout le mal de vivre de la mère. Son mari était à elle, et ces femmes, à moitié nues, n'avaient pas à le regarder de cette façon, comme s'il était un objet de désir. Elle surveillait aussi par intermittence ses propres enfants et se décida à leur proposer un jeu : trouver dans l'herbe un trèfle à quatre feuilles. Elle venait d'en repérer un et de le cueillir. Elle leur montra de près.

— Si vous en trouvez un trèfle à quatre feuilles comme celui-là, vous pourrez alors faire un vœu, celui que vous voulez, ce que vous souhaitez le plus au monde voir arriver… et ça arrivera !

Paul lui demanda :

— C'est quoi ton vœu, maman ?

— C'est un secret, tu dois le garder pour toi si tu veux que ça se réalise.

Paul prit un air renfrogné.

— Ce jeu n'est pas pour moi. Garder un secret, c'est trop difficile.

François, quant à lui, sans rien dire, avait déjà commencé à chercher. C'était un exercice de patience pour lui, il fallait regarder doucement les tiges et les feuilles une à une, les compter, recommencer toujours. Il s'appliqua pendant un quart d'heure, allongé sur sa serviette, le nez dans l'herbe, repoussant les fourmis avec ses doigts, doucement, sans les écraser, jusqu'à ce qu'il finisse par trouver :

— Man, la, truffe quat feuille, là

— Oui !!! Bravo François, cueille-le et après fais un vœu !

Un vœu ? La mère se rendit compte à ce moment de ce qu'elle venait de lui demander. Pouvait-il comprendre cette notion ? Pouvait-il se projeter ? S'inventer un avenir, une vie rien qu'à lui, auquel il avait bien droit comme tout le monde ? Et même s'il voulait quelque chose très fort, trouverait-il les mots dans sa tête pour l'exprimer ? Serait-il capable de canaliser ses pensées pour les formuler et les envoyer là-haut pour avoir une chance que son vœu se réalise ? Était-il capable de comprendre la notion de secret, quelque chose que l'on sait mais que l'on garde pour soi ? N'était-il pas dans le secret constamment, lui qui ne parlait pas ? Ou lui serait-il impossible de garder un secret, tant il était capable d'exprimer, avec sa manière forte, ce qu'il voulait quand il le voulait ? Comme toujours, une multitude de questions l'envahissaient à propos de son fils si différent.

Elle l'observa. Il s'était assis à califourchon et fixait l'église Saint Germain, perchée au loin sur son rocher, au-dessus des bois. Son regard était devenu vide, brusquement, absent. Il semblait ailleurs.

— François ça va ? tu as fait un vœu ?

Il ne bougeait plus. Ne répondait pas. Il semblait même ne plus respirer.

La mère commença à s'affoler, le secoua un peu, mais rien n'y faisait, il restait inerte, son regard vers Saint Germain. Elle appela son mari, qui n'entendit pas.

Paul le secoua à son tour, puis il rigola et lui dit d'arrêter sa blague.

— Les blagues c'est moi qui les fais… lui dit-il, le regard légèrement inquiet.

Claire arrivait à ce moment avec sa copine. Elle observa François elle aussi.

— Maman, qu'est-ce qu'il a François, il ne bouge plus.

— Je ne sais pas ! Jean ! François fait un malaise ! cria la mère. Claire appelle ton père, vite !

Elle s'approcha doucement du visage de François.

— François…François…Oh François !

Sans réfléchir, elle finit par lui mettre une claque. Il se réveilla d'un coup, surpris, puis se mit à pleurer, après un petit temps pour émerger de son « absence ».

Claire se précipita et lui fit un câlin. Il se laissa faire. Elle était la seule à pouvoir vraiment l'enlacer, et elle le calma. C'est là qu'il se tourna vers sa mère, avec son regard attendrissant pour lui dire :

— Mman, oiseau parle pas, y chante !

Et il ajouta :

— Je veux une glace… encore, à la fraise… !

Il était revenu parmi eux. Il s'était déconnecté du réel, pour un laps de temps, deux minutes au moins. Sans sa mère, peut-être ne serait-il jamais revenu.

Le père arriva à la suite, suivit de plusieurs adultes dont Annie, tenant par la main son fils qui essayait de raconter à sa mère qu'il avait vu la dame qui avait donné une claque à son fils.

*— Tais-toi, pour une fois ! lui avait-elle répondu.

Tous écoutèrent le récit de cette absence racontée par la mère, encore sous l'émotion, puis l'histoire des singularités de cet enfant, exposée par le père, un peu honteux d'évoquer une facette de sa vie familiale qui ne le mettait pas en valeur.

Chapitre 4 — XAVIER BELLAZ
Jeunesse à Veyrier du lac

Vivre au bord du lac d'Annecy : un rêve qui n'est pas à la portée de tous. En 1968, c'était encore facile. Après les évènements de mai, le père de Xavier s'était enfin décidé à écouter une demande pressante de sa femme Annie : aller vivre à Annecy, berceau de ses ancêtres. Son cabinet d'expertise comptable à Grenoble se portait bien, avec cependant de nombreux clients à Annecy. Elle lui suggéra de s'installer au bord du lac, officiellement parce que c'était, disait-on, un lac d'avenir. En réalité, elle voulait se rapprocher de Talloires, où elle avait toujours, au fond d'elle-même, une blessure à soigner, entretenue par l'écho déraillant de sa voix, mélangé aux remous bruyants de la cascade du Saut du Moine.

La famille s'était donc installée début 1969 à Veyrier du Lac, dans une maison des années cinquante posée au milieu d'un jardin résiduel. Son terrain d'origine avait été divisé en plusieurs parcelles d'où s'élevaient de nouvelles constructions encore en chantier. L'attrait du site provenait de la proximité avec le lac et sa petite plage en galet, agrémentée d'un ponton. La route principale, celle qui faisait le tour du lac, était loin derrière. Cette situation fera de ce lieu, ce petit groupe de maisons presque soudées les unes aux autres en 1970, un endroit très recherché cinquante ans plus tard, de beaux arbres et une végétation luxuriante ayant fini par caractériser l'espace, créer les intimités, favoriser la tranquillité et entretenir la rareté de celles qui deviendraient des villas en bord de lac et s'arracheraient à prix d'or.

Au cours de l'été 70, au 14 juillet, la famille décida de se rendre au bal de Talloires qui avait lieu sur le port. Une activité proposée par Annie qui sut convaincre son mari d'ordinaire si casanier. Il était question d'un tournage, une scène à filmer sur le port en même temps que le bal.

Xavier découvrit avec intérêt, ce soir-là, le petit port de Talloires, lui qui n'avait fréquenté que la plage lors des vacances de son enfance. Il s'offrait par un beau point de vue aux piétons qui s'y rendaient depuis le parking situé en amont dans le village. Un contraste, pour Xavier, par rapport à la perspective d'une soirée avec ses parents. Pour le début du tournage, il fallait attendre l'ouverture du bal à la nuit tombée. Son animation devait servir de cadre à la scène tournée, et les noctambules de figurants. En attendant, Xavier s'imprégna du lieu. Le port constituait le fond d'une petite baie côté ouest. Au nord, le Roc de Chère protégeait la baie, au sud, un quai, sur lequel venaient s'accrocher de nombreux pontons en bois, longeait la façade de l'auberge du Père Bise où ses parents avaient réservé une table pour cette soirée. Au bout du quai, à l'est, le grand ponton d'accostage des bateaux de croisière du lac. Au-delà du ponton, toujours vers l'est, se déployaient les eaux limpides du lac direction Annecy. La place centrale du port était coupée en deux, traversée par le Nant Sec, petit torrent qui prenait source sur les pentes des monts du Poney, derrière l'église Saint Germain. D'un côté une partie engazonnée, un peu boisée, avec un alignement d'arbres trognes, comme autant de fantômes qui surveillaient le port, et une succession de bancs tournés vers le lac, comme autant de points de vue pour ses admirateurs. De l'autre côté, une petite esplanade minérale, occupée ce soir par une estrade en bois pour les artistes musiciens attendus pour la fête et une zone de danse, délimitée par un jeu de guirlandes lumineuses multicolores suspendues au bout de mâts de voilier recyclés. Le tout formait un lieu à l'ambiance champêtre, s'accordant parfaitement à la tradition du 14 juillet en France.

Assis à la table de l'Auberge du Père Bise, Xavier observait sur le port de nombreux adolescents de son âge, filles, garçons, bronzés et très bavards, occupés pour certains à se chamailler, s'invectiver et pour finir souvent se pousser à l'eau. Cette scène lui parut donner une âme supplémentaire à ce lieu. Une sorte d'excitation monta en lui. Il commença à se sentir mieux. L'idée de faire de la figuration dans un film lui plaisait maintenant. S'intégrer à la foule, s'approcher de ces jeunes et même, pourquoi pas, des acteurs, il y avait là une belle occasion à saisir pour commencer son assimilation à cette nouvelle vie à Annecy ! Il s'informa plus précisément sur le film auprès de sa mère qui rêvassait en regardant vers la Tournette, tandis que son père la regardait d'un œil inquiet. Elle n'en savait pas grand-chose et proposa à son fils d'interroger la table d'à côté, ce qu'il fit sans hésitation, impatient qu'il était de sortir de son cadre familial.

Il apprit que le film été écrit par le réalisateur Eric Rohmer, et s'intitulait : « Le genou de Claire » avec Jean Claude Brialy et le tout jeune acteur Fabrice Luchini. Dans la scène tournée ce soir-là, au bal du 14 juillet, se retrouvaient les personnages principaux du film et notamment Jérôme, attaché culturel de 35 ans, et Laura, 16 ans, fille de l'hôte de Jérôme, en villégiature à Talloires. Dans le scénario, Laura et Jérôme se sont déjà rencontrés avant le bal et ont commencé une relation prolixe – Ou peut être amoureuse ? De là toute l'ambiguïté du film – Au bal, autour de Laura, gravitait un petit groupe de jeunes parmi lesquels un camarade de son âge, joué ici par Luchini. Vers vingt-deux heures, l'équipe technique bien en place, la caméra de Rohmer commença à filmer les acteurs qui dansaient, bavardaient et s'amusaient au milieu des figurants qui eux aussi dansaient, bavardaient et s'amusaient. Plusieurs prises furent captées dans le brouhaha festif de la soirée qui ne s'arrêtait pas pour autant. A chaque fois, entre deux prises, on entendait les recommandations de Rohmer et les discussions entre les acteurs et actrices, certaines avec une tasse de thé à la main, servie par le metteur en scène en personne. Xavier remarqua le débit de parole de Luchini, qui, malgré son âge – 18 ans – était en échange volubile avec Rohmer. Cet art de la conversation apparent, cette facilité que Luchini avait à se lancer dans des phrases éloquentes et interminables, impressionnaient Xavier. Sûr de lui, emporté par l'excitation de cette soirée inattendue, il n'hésita pas à s'approcher de Luchini. Il avait matière à discussion car il connaissait et aimait Flaubert, à cet instant objet d'un échange entre Luchini et Rohmer !

Luchini avait lancé, citant l'écrivain :

— « *Faites-moi des grimaces dans le dos tant que vous voudrez, mon cul vous contemple* »

Ce qui fit éclater de rire son auditoire. Et il avait aussitôt ajouté :

— « *Citer quelqu'un est davantage un acte d'humilité que de vanité* »

Xavier n'avait malheureusement pas entendu la réponse de Rohmer qui avait tendance à parler vite et mâcher une partie de ses mots. Mais si Flaubert avait dit cela, si Luchini l'avait repris, alors cette vérité confortait la sienne : sa volonté de réussir coûte que coûte dans la vie dans l'indifférence des autres si besoin, à commencer par certains élèves de sa nouvelle classe annécienne, jaloux, qui n'avaient pas hésité à le railler pour son arrogance et ses prises de paroles intempestives pendant les cours. Il aimait se redire cette phrase en pensant à eux :
« *Faites-moi des grimaces dans le dos tant que vous voudrez, mon cul vous contemple* », une pure vérité pour lui.

Flaubert, une découverte récente pour Xavier, sur les recommandations de son professeur de Français qui devait, comme les autres professeurs dans les autres matières, tenir le rythme de son appétit de savoir. Un savoir insolent qui dépassait celui de ses camarades.

Avant la reprise du tournage, Xavier tenta une approche de Luchini et réussit à lui glisser deux mots :

— Je vous ai entendu avec la phrase de Flaubert, j'ai adoré. Moi aussi je lis Flaubert, même si les autres en classe se moquent de moi, mais je m'en fous. Alors ça fait quoi d'être acteur ?

— C'est amusant, excitant même, c'est nouveau pour moi. Tu fais partie de cette bande d'ados qui nous suit partout pour le film ?

— Oui, oui, répondit Xavier, même s'il ne savait pas de quoi voulait parler Luchini.

— Reviens me voir dans deux jours alors, on pourra discuter plus longtemps, je tourne une autre scène le matin sur la plage de Talloires. Là on va reprendre.

Le surlendemain Xavier se leva tôt, prétexta une course à faire à Annecy et se rendit au Pâquier pour prendre un bateau vers Talloires.
En arrivant sur place, il fut un peu surpris de voir qu'il n'avait pas été le seul à être invité. Une foule était déjà présente, avec de nombreux ados comme lui, sans doute la bande que Luchini avait évoquée, tous avec la même passion pour le cinéma, pour les acteurs et certainement déjà pour le petit phénomène Luchini. A la fin du tournage, l'approche de l'acteur s'avéra beaucoup plus difficile qu'au cours du bal, si bien qu'il laissa tomber et se tourna vers un groupe de jeunes filles qu'il aborda en déclamant, à la façon du jeune artiste, sa rencontre privilégiée avec Luchini. Par chance, elles n'avaient pas assisté au 14 juillet, il avait donc le champ libre pour leur raconter l'incroyable soirée passée au milieu de l'équipe du film. Par son bagou, il les emballa toutes, il n'en revenait pas lui-même, il avait même l'impression de brûler les étapes. Le groupe, satellisé autour de Xavier, finit par s'installer au bord du lac, sur la plage, rapidement rejoint par des garçons du même âge. Il en reconnut certains qu'il avait vus le soir du bal sur le port. Il passa la journée avec eux, fit ses premières expériences de voile, fut jeté à l'eau, enchaîna les discussions, sur le cinéma, le théâtre, la liberté, l'amour, et tout le foisonnement de sujets qui alimentaient les débats de cet après 1968. Il en profita, discrètement, pour contempler, non sans émotion, les seins nus de certaines filles, magnifiques galbes de peaux fines et bronzées. Il se

jura ainsi de s'exposer le plus souvent possible au soleil, afin de parfaire son bronzage jusqu'ici balbutiant. Pendant tout l'été, il vécut des moments délicieux avec ce groupe dans lequel il avait trouvé sa place, dans lequel il était reconnu, à l'aise, provocateur, bavard, et très inspiré pour son âge.

Chapitre 5 - FRANÇOIS
Petite absence

— La petite absence, autrement dit, le petit mal épileptique. Voilà ce à quoi ressemble ce que vous me racontez là, à propos de votre frère François.

Cette phrase leur fit froid dans le dos. Elle fut prononcée bien plus tard, par un neuropsychologue qui écoutait Claire et Paul raconter le récit de l'évènement du 28 août 1963, sur la plage de Talloires, et tous les autres qui suivront.

Cette phrase, porteuse d'espoirs, le père et la mère, eux, ne l'entendirent jamais !

Ainsi, dans ce silence assourdissant, toujours en quête de son bonheur, ils vont, sans le savoir, emmener leur enfant puis leur adolescent, à petit feu, au plus profond du néant, dans l'enfermement et même parfois dans la folie. Sans le savoir, ils vont l'écarter, le mettre à côté, l'isoler de la communauté des « vivants ». Ils en feront, en voulant faire au mieux et avec l'absence totale de soutien, leur fils handicapé. Il deviendra un homme sans parole, sans autres histoires que toutes celles qu'il n'aura pas pu vivre avec eux dans son enfance.

Tout commença à la rentrée de septembre 1963. François était inscrit en classe élémentaire, l'équivalent de la onzième en ce temps-là. L'année des premiers apprentissages de l'écriture et de la lecture. C'était à l'école Jeanne d'Arc, rue Faidherbe à La Madeleine.

Il faut l'imaginer, intégré à une classe d'enfants de son âge, tous équivalents dans leurs apprentissages. Sa maitresse de l'année précédente s'était entretenue avec la nouvelle pour lui exposer son cas, sa timidité, ses manies, ses dyslexies mais aussi son intelligence, ses capacités en calcul et surtout son envie de réussir « quand il le voulait ». « Et puis ce sourire ! malheureusement si rare, tu craques, instantanément ». Tout le monde pensait qu'il allait s'intégrer, rattraper le niveau et peut-être même — surpasser ses petits camarades en calcul — comme le disait son père. Tous déchantèrent très vite. François était incapable de suivre le rythme. François était taiseux, boudeur, teigneux parfois avec ceux qui le bousculaient ou même sous les acharnements de sa maitresse. Il ne parvenait pas à prendre le train de l'apprentissage. Il répétait des comportements que sa mère connaissait de lui mais qu'elle espérait voir disparaitre : ranger à outrance, compter (ou faire comme si) les choses, les carreaux au sol, les dessins aux murs, les pieds des tables et des chaises. Il se déconcentrait pour un rien, pour un brouhaha dans la classe ou pour un bruit dehors. Pendant les beaux jours, la porte de la classe, parfois restée ouverte, le perturbait profondément à tel point qu'il criait tout haut son désarroi. La maitresse finit par se plaindre à son directeur qui convoqua le père et la mère.

L'année n'était pas encore finie et la sentence tomba. A ce rendez-vous, sa maitresse leur dressa la liste de toutes les difficultés que lui posait François avec ses comportements atypiques. Elle ne souhaitait pas le garder dans sa classe au risque de faire subir aux enfants normaux un retard qu'ils ne méritaient pas. Parmi toutes les difficultés, elle parla d'épisodes extrêmes. Il lui arrivait de temps en temps, au moment où elle l'interrogeait sur un sujet, de se figer, le regard fixé sur une des fenêtres de la classe. Les séquences pouvaient durer plus d'une minute, ce qui finissait par faire rigoler ses camarades. Et à son " réveil " il répondait toujours complètement à côté à la question qui lui avait été posée. Des sortes d'absences, bizarres. Le père et la mère se regardaient. Aucun des deux ne précisa que cela arrivait aussi à la maison. Ni le directeur, ni la maîtresse ne savaient expliquer ce phénomène étrange et alarmant qui justifia leur décision. François ne pourrait pas finir l'année dans la classe. Et ils laissèrent le père et la mère lui trouver une autre école pour l'année suivante.

Entre 1963 et 1967, François intégra une école pour enfants retardés. En quatre ans, il grandira de vingt-quatre centimètres, prendra huit kilos, et n'ajoutera pas un mot de plus à son vocabulaire déjà restreint. Cette école était une sorte de garderie, un cadre protecteur. Le maître mot était la sécurité, pour tous. Le temps y passait comme sur une montre qu'on aurait écrasée, immobile sous les soubresauts inutiles des aiguilles tordues. Sa vie était en suspension. Son prénom, lorsqu'on lui demandait de l'écrire, se retrouvait toujours avec des « f » dont les courbes se nouaient, des « r » absents et des « a » toujours ronds. En 1963, en 1965, en

1967, François restera toujours le même, à l'image de l'écriture de son prénom, improbable, incomplet, illisible, hors du monde, dans son monde.

Devant cet immobilisme, le père décida d'essayer une autre structure d'accueil pour son fils qu'il ne désespérait pas voir enfin se réveiller, lâcher ses peurs et monter dans le train de la vie normale. Il avait eu écho, sans doute très lointain et déformé, comme il s'en rendra compte plus tard, qu'il existait un centre d'accueil en Belgique qui prenait en charge le cas de ces personnes en difficulté de langage et de communication avec les autres. Au cours de l'été 1967, il saisit l'occasion de faire avec François une première découverte de ce lieu de vie si prometteur. Le cadre était idyllique, majestueux château du XIXème, grande allée de peupliers, portail en fer forgé, parc centenaire clos de murs. Ils furent accueillis par un responsable gestionnaire qui leur montra les lieux de vie, l'organisation, le fonctionnement de l'intendance. Il y avait là quelques éducateurs et un très petit nombre de pensionnaires, les autres étant en sortie ce jour-là. Une atmosphère de sérénité sous un beau ciel bleu présent entres les feuilles d'arbres magnifiques dont les ombres fascinaient François. Le père était content de sa visite, même s'il aurait souhaité discuter directement avec le directeur du projet de son établissement. Ce ne fut pas possible car il était en vacances. La mère avait fait confiance à son mari, pressée elle aussi de voir évoluer son fils, et en même temps de pouvoir à nouveau respirer au quotidien. Car François l'étouffait. Elle vivait le pire cauchemar pour une mère : voir son enfant stagner, impuissante, désarmée, coupable !

François intégra ce centre fin Aout 1967 en tant que pensionnaire. Il rentrait chez lui tous les mois, pour la durée d'un week-end. A chaque retour, il sombrait et s'isolait un peu plus. Au bout de quatre mois, le père obtint un rendez-vous avec le directeur. C'est à cette occasion qu'il s'aperçut que François vivait dans ce centre parmi des résidents handicapés très lourds, atteints aussi bien physiquement que mentalement. Même si le projet de vie avait un sens, sur le papier, la réalité se présentait tout autre. Comment un jeune garçon, avec certes un fort trouble du langage, aurait-il pu s'épanouir dans un tel univers ? Pendant ces quatre mois, le père et la mère avaient même observé, et pour la première fois, des transformations de son apparence physique. Son corps, à l'âge normal de son épanouissement, avait commencé à se recroqueviller. A la courbure de son dos, on pouvait comprendre que François avait passé son temps à regarder le sol, qu'aucun chant d'oiseau dans les peupliers ne l'avait fait lever la tête, qu'aucun nuage ne l'avait distrait. A la noirceur de son regard accusateur, on pouvait imaginer que son sourire avait été bâillonné, qu'il n'avait pas entendu le moindre mot qui aurait pu le libérer. Son crâne avait même commencé à se dégarnir. Cette vision effrayante de François donnait l'impression qu'il avait vécu là entièrement reclus, esseulé, séquestré même. Le père, dépité, le sortit de cet enfer aussitôt. C'était juste avant le Noël 1967 et son état catastrophique gâcha la fête familiale. La mère fut empêchée de préparer un vrai Noël. Le père, impuissant à la protéger.

François avait attrapé une lubie de rangement à force de trainer dans les cuisines du château. La vaisselle devait rester à sa place, même le jour de Noel. Il ne supportait pas l'étalage de belles assiettes, de beaux verres en cristal et de couverts en argent que la mère avait sortis pour composer sa table. La tension monta, il s'énervait, tapait du pied, risquait la casse avec ces verres qu'il ne voulait plus lâcher après les avoir repris sur la table. Plantée devant les placards, la mère gardait son calme et l'empêchait de ranger, en insistant pour qu'il laisse la table en place. Un véritable bras de fer. Il finit par se calmer avec la promesse des cadeaux. Mais jamais une table ne fut aussi vite débarrassée et une vaisselle aussi rapidement rangée après une fête. Tout se passa dans un stress inouï, chacun y mettant du sien pour qu'il retrouve une forme de sérénité et puisse profiter de son cadeau. Ce soir-là, la mère avait fini la soirée assommée et en pleurs dans son lit. Elle avait montré son infinie patience avec son fils, respectant cette promesse intérieure qu'elle s'était faite, de le porter toute sa vie, coûte que coûte, et du mieux qu'elle pourrait.

Chapitre 6 - FRANÇOIS
L'accident de Paul

Début 1968 la famille avait déménagé de La Madeleine pour aller vivre dans la banlieue lilloise, ou plutôt encore en ce temps-là la campagne lilloise, dans une maison d'architecte toute neuve en brique rouge de Leers et en tuile terre cuite Monopole, selon le père, le haut de gamme en matériaux de construction dans le Nord. Elle était implantée sur une grande parcelle de cinq mille mètres carrés, au milieu de champs de pomme de terre et de prairies. Les clôtures n'existaient pas encore mais il y avait déjà, présents sur la propriété, éparpillés dans le gazon émeraude, de nombreux massifs aux végétaux variés et quelques beaux sujets d'arbres qui avaient été plantés là en même temps que la construction d'un petit bâtiment en bois qui allait servir d'abri de jardin. Cette maison était entourée d'une nature qui faisait office de miroir pour Paul quand il était puni et obligé, sous le joug de la colère de son père, d'en faire quatre fois le tour pour se calmer. Il continuait ainsi à déblatérer dehors avec les animaux de sa sœur présents à ces moments-là, ou, lorsqu'ils étaient tous rentrés dans la maison ou au fond de leur abri, avec la pie bavarde au pied des pommiers ou le pivert du grand frêne. Paul constatait alors que les oiseaux étaient tout aussi bavards que lui. Ces échanges le stimulaient, rendant la punition jouissive. Il lui arrivait même, lorsqu'il se retrouvait vraiment seul au jardin, de s'adresser aux briques de la maison, tout en glissant un doigt sur le creux de leurs joints. Sa sœur le surprit un jour dans sa logorrhée :

— Paul, qu'est-ce que tu fais là, on dirait que tu parles au mur, ça va pas ? Garde ta salive pour dire des choses intelligentes, t'es un peu ridicule là. Eh Paul, je te parle !

Il continua en lui rétorquant ce que lui avait appris sa mère, à savoir que la briquèterie de Leers était à cinq minutes à vol d'oiseau de la maison et qu'on pouvait parfois voir la fumée rose qu'elle recrachait. Il avait donc raison, les briques pouvaient communiquer, comme les apaches, avec la fumée.

Tout l'intéressait car tout lui permettait de restituer son savoir à sa manière autour de lui et à tout moment. C'était son carburant et il croquait la vie réservoir plein. Son seul questionnement concernait son frère. Là, il ne trouvait pas les mots. C'était pour lui un inconnu qu'il ne comprenait pas. Il se disait : « mais qu'est-ce que sa vie doit être ennuyeuse ! »

Pourtant, un jour de mai 1968, lors d'une conduite d'école, la position de Paul par rapport à son grand frère bascula subitement. Il comprit quelque chose de nouveau. C'était en passant devant l'église Saint Germain de Marcq en Baroeul dans l'agglomération Lilloise. La façade de cet édifice, vue depuis son parvis, ne l'inspirait pas. Au contraire, en forme de casque militaire, posé au sol, la pointe tendue vers le haut, pour Paul, elle était effrayante, beaucoup plus que celle de Saint Germain sur Talloires qui lui évoquait le temps des vacances. Ici à Marcq c'était celle de l'école et des messes interminables du dimanche.

C'était l'époque où il saisissait toutes les occasions pour faire entendre sa voix et élargir ses conquêtes. Régulièrement, lors des conduites à l'école, pour se venger des obligations de garder le silence à la messe, Paul éructait à Saint Germain sa charge guerrière, debout sur la banquette arrière de la 2CV, la tête dessus la capote ouverte, les mains agrippées au châssis, se prenant pour un gladiateur justicier, un mélange de Ben Hur et de Thierry la Fronde :

— Taïaut Taïaut Taïaut !!!

Le père, au volant, restait imperturbable, entièrement consacré à l'écoute des cantates de Bach sur son autoradio-cassette flambant neuf. Quant à François, assis à côté de son petit frère, il assistait en silence à ses joutes, à chaque fois, l'air ébahi.

L'école de Paul se trouvait dans la rue située derrière l'église Saint Germain, sur son axe principal et il fallait donc en faire le tour pour s'y rendre. Arrivée au parvis, face à l'église, la 2CV virait chaque fois franchement penchée dans un sens puis dans un autre pour se retrouver à nouveau dans l'axe, cette fois derrière l'église, dans la rue du docteur Bouret, celle de l'école. Ça faisait comme une sorte de tour de manège, très physique. Il fallait se tenir, s'ancrer, rester présent.

Ce matin de mai 1968, après son acrobatie habituelle, la tête dans le vent, Paul se rassis lourdement sur la banquette arrière. C'était au moment où la 2CV passait le premier virage à droite, très incliné. Sous l'effet de son atterrissage en biais, la portière arrière gauche s'ouvrit subitement, et l'emporta avec elle. Paul se retrouva étalé sur la chaussée, après un choc violent sur les genoux et sur la tête.

— Paul il est pati ! Paul est pati ! Paul pati ! Paul pa-i !... François, paniqué, cria à sa façon. Le père ne l'entendit pas tout de suite, toujours en conversation avec Bach.

— Parti ? mais parti où ? on n'est pas encore arrivé !

C'est là qu'enfin il se retourna, s'aperçut de la portière arrière entrouverte, reprit ses esprits et de tout son poids écrasa la pédale de frein, ce qui réveilla tout le quartier avec le crissement aigu des pneus de la 2CV.

Le parvis de l'église, et les rues qui le prolongeaient de chaque côté, étaient bordées de maisons dites bel-étage, avec la pièce principale à l'étage. La plupart avaient un bow-window en façade, en surplomb sur le trottoir, comme une loge privilégiée qui permettait d'observer à cent quatre-vingts degrés tout ce qui se passait devant chez vous. En 1968, il n'y avait que deux chaines de télévision qui offraient une fenêtre sur le monde. Avoir un bow-window permettait d'élargir son champ de vision avec trois « écrans » supplémentaires et surtout, d'avoir en direct, la rubrique "chiens écrasés" !

Ce jour-là, après le coup de frein brutal du père, sur la place Saint Germain de Marcq en Baroeul, l'accident s'affichait à tous les écrans.

Le médecin du quartier arriva très vite sur place, traversant une foule silencieuse agglutinée autour de Paul. Il l'ausculta et tenta de rassurer le père malgré sa blessure importante à la tête et son genou déchiqueté. Après avoir fait les gestes d'urgence, il parla à Paul avec douceur pour le tranquilliser dans son état à moitié conscient. Mais pour Paul, l'important était ailleurs. Dans la hiérarchie des pensées qui suivirent son réveil en conscience, ses blessures, non négligeables, passaient après sa lutte contre Saint Germain. Il se retrouvait au sol, aplati, face à lui, vaincu. Ce matin-là, c'était pour lui le fiasco total.

Il avait huit ans, Saint Germain devint son mentor, il l'avait battu. Au fond de lui surgit l'idée que cet accident était survenu pour lui apprendre le silence. Il allait falloir qu'il se taise un peu dorénavant. Peut-être chez lui déjà une façon de se rapprocher de son frère François qui était objet de toutes les attentions, y compris la sienne maintenant, alors qu'on ne l'entendait jamais ou presque. Paul allait devoir passer de ses dernières certitudes d'enfants à ses premiers questionnements sur sa place dans le monde et surtout dans sa famille, auprès de ce frère si étrange.

Chapitre 7 - FRANÇOIS
Une jeunesse perdue

Au quotidien, depuis son retour de Belgique, le Noel gâché, et l'accident de son frère, François continuait à distiller à petites doses ses obsessions qui finiront par pourrir la vie de la famille.

« La vaisselle doit être rangée dans les placards ! Les portes doivent rester fermées ! Les journaux doivent être mis à la poubelle ! »

Ces quelques vérités, citées en exemple parmi d'autres, François les criait haut et fort. Pourtant, il ne les a jamais prononcées. Sa communication, puissante, passait par d'autres canaux que les mots. François savait ce qu'il voulait, pour d'insondables raisons. Le père, en rentrant à la maison, furieux certains jours de retrouver son journal déjà à la poubelle, le reprenait aussitôt sans ambages. Même s'il connaissait la réaction de François, sa colère muette et profonde, qu'il affichait la tête penchée vers le bas, les deux bras tendus le long du corps, prolongés par ses deux poings fermés :

« Je suis à cinq mètres de toi, je te regarde de travers... Si tu savais... J'ai les dents serrées, la salive au fond de ma bouche, elle m'encombre, je bave en silence, je vais déborder... tu veux la voir ? Tous les jours tu recommences, tous les jours tu me nies. Tu vois que mes pieds s'éparpillent, à droite, à gauche, volent, cherchent un contact, tu vois que mes yeux sont rouges, mes nerfs à vifs, et que fais-tu de cela ? Rien ! »

Toute cette colère rentrée, finissait toujours par sortir, une fois, par un coup de pied brusque sur le parquet du séjour, une autre fois, par un coup de poing sur un mur ou sur une porte, une autre par un crachat au sol ou d'autres fois encore, bien pire. A la différence de la mère, le père prenait les manies de François pour les vicissitudes d'un enfant rebelle et ne comptait pas se laisser envahir, quelles que soient ses réactions, quelles qu'en soient les conséquences.

Il se prévalait de lui avoir trouver une voie, un établissement à sa mesure, l'Impro de Tourcoing, où il allait le conduire tous les matins, après avoir déposé Paul à l'école Saint Germain.

Cette relative et inconfortable stabilité, ce rythme quotidien imposé, durera pendant six ans, jusqu'à ses dix-sept ans. Chacun dut apprendre à tenir le coup, à ne pas se laisser envahir par cette anormalité. Claire, en tant que fille et adolescente encore présente, eut à subir plus intensément les affres de son frère. Le père et la mère trouvaient moult occasions pour qu'elle prenne en charge François. Elle servait de béquille, de soupape, et son extrême attention à soutenir et accompagner son frère fut pour eux la meilleure des raisons de continuer à la mettre à contribution.

A l'Impro aux « Oiseaux bleus » François était suivi par un psychologue. Les rendez-vous réguliers ne fournissaient pas de résultats, François n'ouvrant pas la bouche et ses dessins n'exprimaient rien d'autre que des images de chevaux et de chats, ou d'autres animaux avec une tête, quatre pattes et parfois une queue. Le psychologue, suivant cette dernière piste, proposa d'adopter un chien spécifiquement pour lui. Peut-être arriverait-il à créer un lien particulier, une fenêtre à son enfermement ? Le chien s'appela Scipion, un jeune et beau berger allemand, un nom choisi par le père, en référence à ce grand homme, ce héros de la république romaine : une aspiration pour son fils !? Claire prit en charge le chien avec François, lui apprenant patiemment comment s'en occuper, lui donner à manger, jouer avec lui. Elle allait tous les jours le promener seule, François refusant de sortir de la maison. A la première crise de François, au premier journal ressorti de la poubelle, en spectateur, le chien, comme tout le monde, prit peur. D'autres crises survinrent, d'autre comportements brusques et imprévisibles. Scipion commença à se méfier de François, à refuser sa nourriture ou même ses caresses. Le lien ne prenait pas, Claire s'attristait, d'autant que sa sensibilité aux animaux la mettait en porte à faux. Entre François et Scipion elle ne voulait pas devoir choisir. Pourtant le sort s'acharna sur la famille encore une fois. Le conseil du psychologue aboutit au drame. Un jour, François, excédé de voir Scipion réussir à ouvrir la porte du garage avec ses pattes pour aller se nourrir, le bouscula en cherchant à refermer la porte trop vite. Scipion lui sauta dessus en le mordant à la cuisse violemment, le faisant basculer par terre dans la cuisine. La présence de Claire à proximité permit d'éviter l'acharnement du chien. François s'en tira avec une blessure sans gravité. A la suite de cette agression, considéré comme trop dangereux pour vivre avec des enfants, Scipion fut euthanasié. Cette décision bouleversa Claire. A 19 ans, elle avait tout donné pour son frère. Plus jeune, elle avait perdu ses meilleures copines qui ne comprenaient pas son dévouement à ce frère bizarre. Sans avoir eu le droit de se plaindre, elle avait supporté François jusqu'ici, dignement, pensant à tort qu'il ne lui rendrait jamais cet attachement.

Les rapports de la famille avec l'extérieur se réduisait à leurs seuls oncles et tantes, cousins cousines, surtout du côté de la mère. Certains membres avaient pris à cœur les difficultés de François. Ils appelaient régulièrement la mère pour proposer de l'occuper ou pour des invitations le week-end en bord de mer. La famille de Marie-Pierre était particulièrement proche, depuis toujours. Ils passèrent entre cousins des moments magiques et inoubliables de détente à avaler dès le petit matin, face à la mer, des pistolets dégoulinants de confiture ou de pâtes à tartiner, à faire du cuistax sur les digues à perte de vue de la côte belge ou des compétitions interminables de château de sable. François vivait ces moments en pleine présence. Les cousins étaient des boute-en-train. Ils n'avaient pas, pour certains, leur langue dans leur poche, et n'avaient pas peur de lui. Cette joie, libératrice pour François, encouragea la mère à prendre son tour pour faire un grand Noel familial à la maison de Wasquehal. Quarante convives à table, un beau moment festif à partager, pour tous, y compris et peut être surtout pour François. Un espoir, flanqué d'un grand risque, comme un fil à la patte.

La forme en L de la table, qui allait recevoir tout le monde ce soir-là, reprenait exactement la forme du séjour. L'espace était mesuré, la soirée s'annonçait chaude, les corps rapprochés. Le sapin de Noel trônait dans le hall. Quatre familles de cousins se serraient là, autour de François, qui vit son cadre sclérosé tout chamboulé. La mère prit le parti de faire simple et bon marché, comptant sur l'ambiance, les animations, plus que sur la gastronomie. De la vaisselle venue de l'extérieur, un menu unique et avec très peu de préparation : chocolat chaud, cramiques et mandarines… La table était dressée d'un alignement de grands bols à oreilles avec le prénom de chacun peint selon une tradition venue de Pornic, une idée géniale d'une cousine de Bretagne qui allait occuper François, lui offrant une palette de dessins de personnages ou d'animaux à admirer au fond des bols, dans le chahut de la fête, et pendant les préparations en cuisine. Le champagne coulait à flot et les conversations animées, les joies de retrouvailles, les blagues des cousins, faisaient monter le niveau sonore et s'accumuler les coupes vides sur la grande table. François ne put alors s'empêcher d'en commencer le débarras et de les ramener à la cuisine où la mère s'activait avec ses sœurs. Les coupes venaient à manquer et furent réclamées avec insistance depuis le hall et le salon. Il fallut les laver pour les remettre à disposition. François commençait à blêmir, ce qui mit la mère sous pression au moment où elle préparait le chocolat chaud. Elle le voyait, les bras le long du corps, tendu. Le signal annonciateur d'une crise. Elle paniquait, tout en s'affairant sans plus réfléchir, et en se répétant intérieurement : " Non, pas ce soir, pas ce soir, pitié !" Elle appela Claire à son secours. Les bols ne faisaient plus effet, il fallait autre chose. Il restait les cousins, les blagues, le naturel qu'ils avaient le don d'apporter, le toucher, les sourires, les tapes dans le dos, la liesse contagieuse. Par miracle, François fut emporté par ce tourbillon. L'ordre fut donné de passer à table, chacun devant son bol. Les cramiques et les mandarines étaient déjà en place, les coupes en service et le chocolat chaud fumant prêt à être servi depuis les trois grandes bassines réparties sur la table de Noel. Il était de tradition, lors des grandes fêtes de famille du Nord, de lancer un discours avec une série de blagues. Cette fois, elle revint en premier au père. Chacun avait été servi de chocolat chaud et pu tendre l'oreille. Après un discours convenu sur les valeurs de la famille, sur l'esprit de Noel et quelques applaudissements, la blague arriva :

« *Une chorale répète pour la messe de minuit du 24 décembre. Le curé décèle quelque chose d'anormal. Pour en avoir le cœur net, il demande à chacun des membres de chanter seul. Vient le tour de Toto. Celui-ci y entonne bruyamment :*
— *Léon ! Léon !*
— *Toto, arrête ! fait le curé. Tu tiens ton livre de chant à l'envers !* »

S'en suivirent quelques rires sporadiques prolongés par un silence inattendu, devenant embarrassant. Puis l'un des cousins se leva, Etienne, un grand frisé sosie de Patrick Dewaere, direct et punchy, comme lui. Il prit à son tour la parole avec sa voix nasillarde et roublarde :

— Cher Jean, d'abord, merci pour ton discours : du grand art et très touchant comme à ton habitude ! Ton gag…mignon, je dirai ! Par contre, pour l'autre blague, si c'est toi, toi, cet homme si sérieux, un exemple même pour nous tous, tu y es allé un peu fort. Même moi j'aurais pas osé, hein ! et c'est peu dire ! Mais quand même : remplacer le sucre par le sel, c'était couillu !

Et se tournant vers la mère :

— Tu dois pas t'amuser tous les jours avec ton mari ! J'espère qu'il vous reste du champagne ! Parce qu'excuse-moi, ma chère tante, mais là du coup, ton chocolat chaud, il est imbuvable !

Il y eut un gros malaise dans la salle. Tous les regards se tournèrent vers la mère, en décomposition. François avait tout gâché. Par son stress au moment des préparations, il avait été capable de lui faire rater un chocolat chaud. Un sentiment de honte l'envahit, devant sa famille. Elle se leva et partit en cuisine où François œuvrait déjà au rangement. Elle se précipita sur la poubelle pour ressortir le sachet qu'elle avait vidé dans les bassines, il était blanc, comme l'autre qu'elle retrouva plein, toujours à sa place dans le placard à sucre. Puis elle se mit à pleurer et s'isola pour retrouver sa petite voix intérieure qu'elle convoquait à chaque irrémédiable coup du sort.

Il y avait cette photo de mariage, à quatre, la robe magnifique de sa sœur. Il y avait ces repas, enfant, où elle était éteinte à table, effrayée par son père, jalouse de sa sœur qui n'hésitait pas à lui répondre. Il y avait Étienne, l'aîné de sa sœur, qui l'avait ridiculisée ce soir, et qui, en même temps, savait calmer son fils, savait lui redonner le sourire. Il y avait cette ambiance festive perpétuelle chez sa sœur, cette bonne humeur, ce goût de la bonne chère, des grands crus, des pralinés, ces petits plaisirs de la vie qu'ils se permettaient et qui pouvaient se lire jusque sur le visage de sa sœur, le teint bien rose et les dents en alerte toujours prêtes à attraper toutes les douceurs de la vie qui se présentaient sans se poser de question. Tout ça elle le voyait, elle y pensait, elle le ruminait à chaque crise de son fils, à chaque échec dans sa quête de bonheur. Pour tenir, il ne lui restait encore qu'une parole, au fond d'elle-même, une parole que lui avait dite sa mère adorée alors qu'elle était adolescente, qu'elle se répétait sans cesse pour ne pas craquer : "tu es la plus belle de toutes mes filles, Agnès, celle qui me ressemble le plus". Elle avait raison la grand-mère, la mère était une très belle femme qui portait sur elle toute la douceur du monde, sur les traits fins de son visage, sur ses yeux bleus rieurs, sur sa chevelure brune de madone italienne, la retenue de ses mains fragiles, blessées par leur enfance. Une femme qui aurait pu devenir une star si elle avait suivi ce bel italien réalisateur qui l'avait courtisée durant son voyage de noces en Italie. Elle s'était trompée de route et elle ne trouva que Dieu, petit à petit, pour la remettre dans son droit chemin.

*

A dix-neuf ans, François n'avait plus sa place à l'Impro des Oiseaux bleus. Une nouvelle structure, plus adaptée, avait été proposée au père et à la mère. En Normandie, dans un lieu qui faisait la part belle à l'agriculture, aux animaux, à l'épanouissement par la nature. Le projet prévoyait une vraie prise en charge du jeune handicapé, accompagné d'un éducateur attitré, qui pouvait même être une éducatrice, ce qui était nouveau dans ce type d'établissement dans les années 70. A Yvetot, au centre Arc en ciel, autour d'un joli château et dans une nature apaisée, François créa du lien avec son éducatrice, Martine, grande amatrice de chanson française. Elle avait su acquérir sa confiance, autour des animaux, vaches, cochons, lapins et au quotidien, à l'exploitation des vergers de pommes et de poires, une petite radio portable toujours à portée d'oreille. Les week-ends de retour dans sa famille se passaient mieux. Le dimanche soir, il remontait avec facilité dans le train qui l'emmenait à Rouen où son éducatrice venait le recueillir. Le centre Arc en ciel se développait, évoluait avec son temps, et faisait grandir ses résidents dans le bon sens, François le premier. Il y avait eu enfin une chance pour lui, à faire fructifier là-bas. Il réclama même une radio à mettre dans sa chambre, à la surprise générale.

Le père était fier de voir les nouvelles capacités de François à se mettre au travail, avec régularité et efficacité selon Martine. Mais l'histoire de son fils était encore son affaire, à cette époque, et l'idée de le reprendre sous son aile, sous sa volonté, résonnait plus fort en lui. C'est ainsi qu'il décida, au bout de six mois de relative rémission pour François, de le sortir d'Arc en ciel pour le faire venir travailler à la Smir, sa petite imprimerie qu'il avait reprise seize années auparavant et qui végétait doucement dans le monde feutré des joueurs de bridge, ceux qui appréciaient les tapis de carte imprimés aux décors surannés d'encres jaunies par le temps qui passait. C'était une occasion rêvée de se rapprocher de son fils, de le faire vivre dans le monde réel des adultes normaux, de donner un sens à sa vie, un projet, un vrai.

L'expérience Smir, qui devait faire revivre François, fut au contraire un échec cinglant, un de plus. François s'était retrouvé isolé parmi le personnel de l'atelier où il œuvrait à ranger les tapis de jeu par couleur, à vérifier les (gros) défauts et à porter les colis en fin de journée au moment des expéditions. Suspicion, jalousie, méfiance du personnel, non pas envers François, qu'ils ignoraient, malgré ses tics et ses obsessions parfois difficile à gérer, mais envers le patron qui selon eux, exploitait son fils et ne garantissait pas la qualité du travail nécessaire. Ils lui avaient notamment fait part de la manie récurrente de François de se racler la gorge et parfois même cracher sans se soucier des dégâts occasionnés sur les tapis empilés, souillés par la morve, puis recouverts. Le père était à son bureau ou sur les routes, mais très rarement à l'atelier. Il avait délégué à son personnel la prise en charge de son fils qui ne pouvait trouver sa place. Cette manie de cracher perdurait aussi à la maison, à ses moments de nervosité. Ils étaient de plus en plus nombreux et les crachats s'accumulaient.

Un soir, alors que l'écho des bruits de sa gorge résonnait dans toute la maison, en raffut de raclements et de purges, une dispute se produisit entre le père et la mère. Les nerfs craquaient, les reproches fusaient. La mère hurla au père son erreur impardonnable. Avoir sorti François d'Arc en ciel avait été la plus grosse stupidité de sa vie, parmi toutes les autres, innombrables. Elle se reprochait de lui avoir encore une fois fait confiance. Mais ça serait la dernière. Le père fut jeté de la maison pour la nuit. Pour son inconscience, son égoïsme, ses mensonges, son imprimerie qui lui apportait un salaire de misère, ses manipulations, ses discours inutiles. Claire et Paul attendirent que ça passe. Ils se réfugièrent dans leurs chambres.

Paul avait investi celle sous les combles au-dessus du garage. Bien isolée par rapport à celle de François, qui, la nuit, faisait de plus en plus de bruit. Il ne dormait pas. Il se levait, descendait vérifier portes, vaisselles, journaux, inlassablement. Certaine nuit, c'était la radio qu'on entendait à tue-tête, toujours de la chanson française. Dans la chambre de Paul, il y avait surtout la porte qui donnait sur l'escalier extérieur et dont il avait les clés. Une sorte d'échappatoire. Il lui arrivait de sortir, au petit matin, pour offrir à ses oreilles les chants naissants des oiseaux dont les petites mélodies effaçaient aussitôt l'écho des hourvaris de son frère. Il se remémorait les échanges bavards de sa petite enfance. Un sentiment confus montait en lui. Une culpabilité presque. Il n'avait pas été assez « fou » pour comprendre ce qui agitait François dans ses nuits d'insomnie.

Pour Claire, la délivrance allait se présenter sous la forme de Patrick, qu'elle avait rencontré en terminale. Beau parleur, bel homme, bien né, tout pour plaire au père et à la mère. Elle était prête à tout pour quitter la maison, tout, y compris la précipitation. A vingt ans, il était déjà question de mariage.

Les déjeuners du dimanche avec Patrick , étudiant en journalisme, se résumaient en un dialogue bipartite entre le père et lui sur toutes les questions bavardes du moment, la politique, la guerre froide, les grandes familles, la majorité à dix-huit ans, l'élection de Giscard, la nomination de Chirac, la crise du pétrole, les plans de relance… Tenter de changer de sujet, pour aborder une question de fond, comme l'avait fait un jour la mère avec celle brûlante de l'IVG en 1974 peu avant le discours de Simone Veil, aboutissait à un blanc. Formuler une question, même, un avis, ragoter, plaisanter : tout cela pour la mère ou Claire était vain. Ils finissaient par quitter la table à quinze heures, de leur côté soûlées ou endormies, du côté des hommes, plus affirmés que jamais. Le tableau était caricatural. La parole aux hommes, les femmes et les enfants en miroir. Et pourtant, il était clair que le père renaissait à ces moments, que sa vitalité passait par là, par l'extérieur, par le contact au monde, le beau, le grand, l'intéressant.

Chapitre 8 - FRANÇOIS

La Tournette

En juillet 1976, il faisait chaud, très chaud. Les vacances familiales se déroulaient à Talloires, à la grange cette fois-là. L'eau du lac perdait de sa fraicheur au même rythme que s'installait une certaine lassitude à descendre chaque jour à la plage pour la baignade. Avec la chaleur, la montagne offrait peu d'alternatives. Le père, qui tournait en rond, malgré la présence de Patrick, dont la conversation tournait avec lui, se recentra et proposa en fin de séjour une ascension nocturne de la Tournette, et ses deux mille quatre cents mètres qui dominent le lac d'Annecy. Randonner la nuit, en altitude, à la fraîche, pour s'offrir au final, depuis le sommet, le lever du soleil derrière le Mont blanc, l'idée fut reçue avec enthousiasme. L'ascension se ferait en trois temps : le premier, de la grange jusqu'au chalet de l'Aulp, au pied de la Tournette, le deuxième, du chalet de l'Aulp jusqu'au refuge où ils passeraient la première partie de nuit, puis enfin l'ascension du sommet à l'aurore.

La mère suggéra de se passer de la première étape, qui pouvait être faite en voiture. Il était possible d'être en fin d'après-midi au chalet de l'Aulp, le soleil au plus bas, pour démarrer l'ascension vers le refuge. Le temps était vraiment lourd. Elle pensait à son fils, bien que solide quand il le voulait, qui pouvait flancher sous la chaleur. Le père entendit l'argument, connaissait le risque, mais il lui fallait un défi. Cette fois, ce fut la création d'une nouvelle voie pour atteindre le chalet de l'Aulp, plus à la verticale, plus rapide, plus sauvage, à l'abri d'une forêt, et avec la possibilité d'en profiter pour cueillir quelques myrtilles en sous-bois. Il eut gain de cause avec son laïus bien emballé qui plut à sa femme, rompue à la préparation des tartes sucrées ou salées. Elle admit que cette idée d'ascension pourrait donner une note positive finale à ces vacances léthargiques, et laissa faire, encore une fois, son mari...

La course démarrait réellement depuis la route forestière qui passait au-dessus, à quelques encablures de la grange. Il leur fallut un bon quart d'heure, sous le feu du soleil de ce milieu d'après-midi, pour atteindre le chemin repéré par le père. Paul plaisanta avec François à propos du lac, semblant si près d'eux, à leurs pieds, prêt à les rafraichir. Pourtant, ils s'en éloignaient. Ils avaient tous un bob ou un chapeau sur la tête, une gourde, dans un petit sac à dos avec les pruneaux vitaminés et coupe-soif, le matériel de premier secours et celui de confort pour la courte nuit prévue. Patrick, en bon journaliste, avait aussi son reflex Kodak dans son sac. Claire avait prévu le panier, pour les myrtilles. Ils étaient six, avec six litres d'eau, de quoi tenir les trois heures prévues d'ascension jusqu'au chalet de l'Aulp.

A l'été 1976, à la fin de la période de sécheresse, les prairies avaient eu le temps de jaunir, les torrents de s'assécher, les pierres et les cailloux de surchauffer, les arbres de flétrir, les fleurs de faner et les myrtilles de se cacher. Le chemin emprunté depuis la route forestière, bien présent sur une carte, se faisait plus discret sur le terrain au fur et à mesure de l'ascension. Le père expliquait cela par la présence du bois sec au sol et des aiguilles de pin en surnombre. François commençait à peiner. La mère le suivait, le rassurait. Paul fermait la marche, son pas toujours à l'écoute de son genou. L'ombre des arbres était encore à ce moment leur alliée, pourtant à trois, ils étaient déjà à la traîne. Loin devant eux, à la lisière haute de la forêt, la discussion tournait autour de la saison des myrtilles, toujours introuvables. Avec les deux hommes devant elle, Claire s'arrêta pour attendre. Elle regardait les roches des dents de Lanfon, imposantes, juste là, au-dessus d'elle. L'ascension de deux heures sous les bois avait été rude et les gourdes bien entamées. Une pause fut la bienvenue, notamment pour les derniers arrivés. François, dans son état, était visiblement incapable d'apprécier la vue grandiose sur le lac, la force des parois à pic des Dents de Lanfon et surtout, la silhouette de la Tournette, ciselée par le bleu profond du ciel, si remarquable mais encore si loin. Tout juste se rafraichissait-il avec sa gourde. Son calme était fragile. Paul espérait qu'un chamois se présenterait à leur vue pour le faire réagir, pour faire naitre une lueur dans son regard exténué, mais ni l'heure, ni la météo ne s'y prêtaient.

Après cette ascension sous les arbres, et leurs ombres encore salvatrices, un pierrier et ses effluves de chaleur vaporeuses se présenta devant eux. Il fallait l'escalader pour rejoindre la crête qui menait vers le chalet de l'Aulp. En le regardant, Paul avait l'impression que chacune de ces pierres lançait un avertissement. Sur quoi allaient-ils poser leurs pieds ? Le silence, tout juste interrompu par un rapace assoiffé, envahit le groupe. Patrick se décida à ouvrir la marche. Son pas était instable, on entendait le bruissement des premières pierres qui bougeaient sous ses pieds. Certaines se dérobaient, le faisant à chaque fois redescendre un peu. Impossible de grimper en sécurité. Trop de poids sur ce champ de pierres qui n'avait rien demandé. Patrick se retournait sans cesse en regardant le père, semblant s'excuser à chaque pas. Ce qui devait être une ascension se transforma en une simple traversée à l'horizontal. De son mieux, il réussit à se diriger vers une partie boisée, de l'autre côté du pierrier, bien au-dessous de la crête. Le père lui suggéra de continuer et de rejoindre ce bois. Il suffirait de grimper à la verticale ensuite. Patrick fut libéré et gagna du terrain prudemment. François fixait à chaque fois la direction prise par les quelques pierres emportées plus bas. Chacune d'elles finissait par disparaître en silence avant de rebondir avec fracas. Ce qui annonçait, à la base du pierrier, un à pic dont ils ne mesuraient pas l'ampleur. Paul se demanda alors qui était le plus fou dans ce groupe.

    Il fallut cinq minutes à Patrick et Claire pour faire la traversée, avec prudence, et plus d'un quart-heure pour François et ses parents, accrochés tous les trois, l'un devant, l'autre derrière, hésitants, à la recherche d'un équilibre vital. Paul les observait. Qui soutenait qui ? Qui rassurait qui ? L'image à jamais présente dans sa tête laissait entrevoir toutes les possibilités, tant les pierres étaient instables et imprévisibles, comme la vie de François. Ce jour-là, c'est lui qui portait ce couple. Sans lui, il aurait explosé depuis longtemps.

    Il fallut improviser à travers bois par la suite pour tenter de rejoindre le chemin de crête. A chaque tentative, l'avancée était stoppée par une pente tout à coup trop raide et sans visibilité. Les trois heures de marche initialement prévues étaient déjà dépassées et la réserve d'eau anéantie.

Les noyaux de pruneaux ne suffisaient plus à étancher leur soif. Patrick commença même à avaler son dentifrice au menthol, signe que la panique montait. François finit par refuser d'avancer et s'assit sur un tronc déraciné, presque emporté par la pente. Comme s'il voulait en finir, au plus vite. Opérer un demi-tour, redescendre, cette option les taraudait, sauf le père, qui sortit sa carte et fit un rapide calcul pour connaitre leur position. Il fallait continuer, ils s'approchaient du chalet de l'Aulp, ils n'en étaient même pas loin, juste en dessous. La carte indiquait un petit torrent, le Nant d'Oy dont le lit devait être proche et qui en amont passait à proximité de leur but. Patrick, en éclaireur l'atteignit. Pas de cri de joie pour autant, il était à sec. Il restait à espérer que son ascension ne les mènerait pas à un mur, à l'emplacement d'une cascade. Dans le pays, elles étaient nombreuses et les plus grandes étaient réputées.

Ils atteignirent le chalet de l'Aulp à vingt et une heures, trois heures plus tard que prévu, épuisés. La Tournette juste au-dessus d'eux, le lac en contrebas, tous les deux si proches, en apparence. Entre leur objectif de départ, et leur objectif de l'instant, étancher leur soif, il n'y eut aucune hésitation. Il leur fallait boire, boire et encore boire, et redescendre au lac pour se rafraichir définitivement. Tant pis pour la Tournette. Tant pis pour le sommet, tant pis pour le beau souvenir de fin de vacances.

Les fermiers du chalet leur servirent une limonade fraiche. Assis autour d'une grande table avec ses deux bancs en bois, chacun se rassasiait en silence. Un troupeau de vaches, de retour à l'étable, emplit l'atmosphère du chant de ses cloches. François s'en approcha pour porter des caresses et faire sonner leurs instruments en une mélodie à son gout. Il était le premier à profiter de cet instant, à se faire un souvenir de vacances, si simple, à emporter. Grâce à lui, tous autour des vaches, entourés de pâtures et de sapins, de roches colorées par un soleil couchant et, plus bas, d'un lac d'une eau bleue profonde, ils étaient à ce moment dans une carte postale, que Patrick s'empressa d'immortaliser avec son Kodak. Puis François, lentement, souleva la tête et se tourna vers le sommet de la Tournette. C'est à ce moment qu'une nouvelle absence fit irruption. Il se figea subitement. Cela dura cette fois près de trois minutes. Ils le laissèrent revenir seul, en confiance.

— Mman, les cloches y parlent pas, y chantent !

Et il ajouta :

— De la limonade, core, Mman !

Chapitre 9 — XAVIER BELLAZ

L'accident du père

— Voyons Xavier ! appeler son chat avec un nom pareil, c'est stupide !

La mère de Xavier était dans un état d'effarement et de colère mélangés quand son fils lui avait annoncé la nouvelle : il avait maintenant un chat chez lui qu'il avait appelé Jean ! Lui ne voyait pas le problème, au contraire, c'était courant, dans notre société, au cinéma, dans les livres, les histoires qu'on lit aux enfants. Les animaux avaient un lien très fort avec les humains.

— Ecoute, maman, ne le prends pas comme ça ! Au départ, c'est une blague d'un copain qui s'appelle Jean, justement. Il m'a offert ce cadeau : un chat, pour que je puisse avoir quelqu'un à qui parler, tu comprends ? Pour que je ne sois jamais seul… Je l'ai pris au mot et j'ai décidé de l'appeler par son prénom pour l'avoir avec moi tous les jours…Ah ah, C'est un gag, tu vois !

Ce soir-là, Xavier accueillait sa maman dans son petit appartement d'étudiant à Crolles, proche de Grenoble, pour lui présenter sa copine du moment, Sybille, grande blonde sculpturale au sourire ravageur, comme il aimait en parler, jeune femme aux traits nets portés par un corps fier, peut-être même un peu trop, vue d'un premier coup d'œil par sa mère. Elle était étudiante en architecture, comme lui, à l'école de Grenoble. Après les échanges convenus de politesse, le début de la rencontre se déroula dans la douleur encore une fois. C'était la quatrième copine qu'il lui présentait, avec à chaque fois, des réactions incongrues qui l'obligeaient, avec son bagou, à la façon d'un médiateur-interprète, à tisser le lien entre la copine et sa mère pendant la soirée, et à le recoudre entre la copine et lui pendant la nuit qui suivait.

Lors d'une seule de ces soirées, le courant était bien passé. C'était avec sa première copine officielle : Alexia, que Xavier avait mis un an à présenter à sa mère. Pourtant, il se sépara d'elle dans les jours qui suivirent cette rencontre, ayant perdu le contrôle sur elle à la suite du trop-plein de confidences que sa mère lâcha à son propos. Alexia venait d'entrer en fac de psychologie, après avoir échoué au numerus clausus de fin de première année de l'école d'architecture. Plusieurs fois, dans la nuit qui suivit, elle essaya d'amener Xavier à plus d'introspection, à le faire parler de sa jeunesse, et du trauma qu'il aurait vécu à 14 ans avec l'accident de son père, selon ce qu'avait raconté sa mère. Xavier ne supporta pas.

— Pourquoi vouloir ressasser le passé. J'ai perdu mon père, certes, mais ça va, je gère, pourquoi vouloir créer des problèmes là où il n'y en a pas ?

— Je ne crée pas un problème, j'essaye de te faire exprimer un ressenti. Si sur un évènement aussi fort, tu ne ressens rien, comment allons-nous pouvoir partager nos émotions ? Si tu ne t'écoutes pas, comment puis-je imaginer que tu vas être capable de m'écouter ? Je n'ai pas l'intention de partager ma vie avec une espèce de robot imbu de lui-même.

— Tu me fatigues avec tes considérations. Et puis je croyais que j'étais trop bavard ! Combien de fois tu m'as dit de me taire.

— Ton flot de parole ne concerne que tes ambitions. Il n'y a pas d'échange. En tout cas pas assez pour moi. Ne pourrais-tu pas comprendre ce que j'essaye de te dire ?

Il tomba des nues. « C'est quoi ce procès ? Maudite mère » pensa t'il. Tout avait si bien commencé avec Alexia. Xavier avait avant tout été attiré par son physique. Elle était à la fois délicate et sensuelle, posée et à l'écoute : une beauté qui, lorsqu'il s'adressait à elle totalement subjugué, agissait sur l'intensité de ses propres paroles, et par la même sur l'intensité de son plaisir ! Leur rencontre s'était faite en première année d'architecture, avec une telle fougue qu'ils s'installèrent aussitôt ensemble dans le studio de Xavier à Crolles.

Dans le programme de l'année à l'école d'architecture, il y avait un cours d'expression graphique et formelle. C'était un grand moment de partage entre tous autour de tout ce qui pouvait ressembler à de l'art plastique. Un grand n'importe quoi pour certains étudiants, une aubaine pour Xavier qui trouva là un plateau de scène pour se mettre en avant. Les exercices à préparer étaient du genre : raconter à votre façon, la plus personnelle possible, un objet culte conçu dans les années trente (période de l'art déco) ! Sur le sujet, l'idée de Xavier lui vint justement d'Alexia qui, à la sortie d'un cours, lui avait proposé un cookie qu'elle avait l'habitude de dévorer tous les jours.

Le jour du rendu de l'exercice, on vit arriver Alexia au volant d'une 4l camionnette face à l'entrée de l'école, et Xavier en descendre du coffre arrière, un diable à la main, qu'il posa au sol. Avec l'aide d'un complice qui les accompagnait, ils attrapèrent une gazinière dans le coffre pour la placer sur le diable. Un deuxième diable devait servir pour le transport de la bonbonne de gaz et d'une caisse d'ustensiles et d'ingrédients. Le petit groupe de livreurs se fit remarquer en passant devant la cafétéria de l'école où s'agglutinaient les étudiants en attendant les profs toujours en retard. « Encore Bellaz, qu'est-ce qu'il va nous concocter là ? » Une masse de curieux les suivirent jusqu'à l'atelier d'art plastique. L'architecte concepteur de l'école avait donné aux ateliers une envergure généreuse. Les espaces de travail avaient vocation à être des lieux d'échanges fructueux entre les foules d'artistes en herbe qui y déambulaient, y bavardaient beaucoup, et y créaient parfois. Un minimum de cloison, un maximum de perspective, de volume faisant écho aux savoirs des professeurs et à la créativité des étudiants. L'atelier d'art plastique, avec ses grands bow-windows vitrés, baignait dans la lumière. Quand Xavier y posa sa gazinière en plein milieu, suivi de près par son public, on put voir aussitôt d'autres étudiants présents dans le patio extérieur s'approcher comme des mouches des grandes vitres, intrigués par cet objet vernaculaire qui attirait les foules et qui contrastait avec les œuvres plastiques, graphiques et formelles remplissant fièrement ce lieu de création, assemblage de disques vinyles multicolores, sculpture en fils de fers tendue vers le plafonds, toiles déchirées, cloison en carreau de plâtre à demi détruite — c'était l'époque du post modernisme en architecture —

L'idée de Xavier, surgissant du cookie d'Alexia, était toute simple et plutôt originale. Installer un atelier pâtisserie et fabriquer des gâteaux à partir de moules art déco dénichés chez un brocanteur de Crolles. Des grands modèles, à étages, très architecturaux, façon pièce montée, de plus petits, plus graphiques façon coquillages aux formes anguleuses et tout un ensemble hétéroclite de plats, de couverts et d'assiettes de l'époque pour le service. Tout était étalé sur la table, vaisselle, farine, sucre, chocolat, levure, œufs, bouteilles d'eaux et les indispensables moules anciens quand le professeur arriva, d'abord incrédule, puis intrigué à la vue des moules, et enfin intéressé quand Xavier lui montra la pièce maitresse pour le bouquet final de sa démonstration : un moule à baba avec la bouteille de rhum adéquat. Sur cet objet, le rendu final de l'exercice, il avait prévu de dessiner un décor façon art déco avec la bombe de chantilly : la petite touche pour emporter la victoire !

Le professeur voulait du vivant, de l'expression spontanée, ce jour-là il fut servi. Il mit la main à la pâte et concocta sa propre recette de gâteau chocolat en choisissant ses moules préférés. En fin de séance, il repartit avec le reste de baba pour la correction et des gâteaux en formes de coquillages art déco pour ses enfants, avait-il dit ! Les étudiants découvrirent ce jour-là qu'il était père, enfin ceux qui le crurent. En revanche, tous constatèrent à coup sûr qu'il était très gourmand.

Après cet atelier, essentiel pour Xavier, folklorique pour Alexia, après le rangement, le transport, la vaisselle, et le retour à deux chez eux, ils se bâfrèrent des derniers gâteaux et du fond de la bouteille de rhum puis se retrouvèrent le soir venu, un peu soûls, enlacés dans leur lit, d'abord l'un contre l'autre, à se partager encore avec leurs langues les dernières saveurs sucrées de leurs œuvres plastiques, puis l'un dans l'autre, entièrement nus et toujours les doigts collants, à savourer dans l'extase une conquête de plus pour l'un, à se poser dans sa psyché une question essentielle pour l'autre : d'où vient la puissance exceptionnelle de ce garçon qui emporte tout sur son passage — il avait quand même réussi à bluffer son prof d'art plastique dans une bonne humeur qu'il n'avait pas connue depuis longtemps — Ce soir-là, totalement confiante dans sa capacité future à élucider cette question, elle se donna à lui avec la plus grande ferveur. Pourtant, il y avait sans doute déjà dans cette étreinte les prémices d'un grand malentendu. Comment pourrait-elle accéder à ce dont lui-même ignorait l'existence ? Comment pouvait-elle comprendre que pour lui, la question était : comment agrandir mon terrain de jeu dans la vie, à quel point je serai connu et reconnu ? A l'opposé de son propre questionnement : quelle est l'origine de sa force de vie, quel enfant avait-il été, quels évènements avaient forgé sa personnalité ? D'un côté le futur, comment ? De l'autre le passé, pourquoi ? Xavier refoulait tout ce qui le distrayait du but principal de sa vie : réussir. Par la suite, les interrogations psycho-métaphysiques d'Alexia s'avéreront inutiles. Xavier restait hermétique à la question psy, d'ailleurs ce choix d'Alexia de faire psycho lui avait été totalement incompréhensible. « C'était bien un truc de fille ! lui avait-il dit ». Quelques temps plus tard, après la visite de sa mère et la complicité naissante entre les deux femmes, il sectionna définitivement les cordes trop tendues de leur violon qui finissait par sonner faux.

Il ne regretta pas son abandon. Après un cours moment avec deux autres filles, qui avaient su le flatter mais qui comprirent vite le piège dans lequel elles risquaient de tomber, il avait maintenant Sybille, avec autant d'atouts physiques qu'Alexia, mais en plus un sens de l'esthétisme qui rejoignait le sien. Elle avait une capacité à l'écouter, et le relancer, jusque dans ses plus profonds retranchements, sur des sujets passionnants d'arts, d'architecture, de littérature, ou de peinture et qui lui permettait de travailler ses idées, et dans leur prolongement, ses tirades, qu'il s'appliquait à lancer à ses professeurs d'architecture. Ce qui en fit un étudiant très apprécié pour sa rhétorique. La faculté d'architecture était une marmite dans laquelle le « bouillon de culture », mis en avant plus tard par un journaliste qui devint très célèbre, parfumait les salles de cours avec les passions ou les diatribes et parfois même les folies de certains professeurs et de quelques étudiants très extravertis comme Xavier Bellaz.

Tout était débat avec cette fille, souvent pour le meilleur, parfois en pure perte, enfin pour lui. De ceux-là, il y eut celui qui concernait les charrettes incessantes qui se succédaient avec les différents rendus attendus par les professeurs — le terme « charrette », utilisé par les architectes, venait d'une tradition des écoles de beaux-arts au XIXème siècle, qui était de terminer ses planches de dessin d'architecture, souvent très grandes, dans la charrette qui menait à l'école, par manque de temps — Sybille dénonçait l'exagération qui s'en suivait, la fuite en avant, l'abandon de la raison. C'était à celui qui prendrait le plus de son temps libre à faire ses projets, celui qui s'épuiserait le plus, à ne plus prendre le temps de dormir, ni de manger, ni de se laver, ni même de dire bonjour, tout ça au profit de cette tradition, la « charrette », largement entretenue par les professeurs dont les étudiants attendaient la reconnaissance. Certains étaient de véritables divas, leurs ateliers étaient suivis non seulement par les inscrits en début d'année mais aussi par tous les refoulés à l'inscription mais assoiffés d'absolu en architecture. Tous s'agglutinaient aux accès des ateliers qui restaient ouverts volontairement, pour qu'aucun ne manque une parole du maître, un volume esquissé, une ligne architecturale qui étaient en train de s'inventer là. Dans cette école de Grenoble, le meilleur exemple avait été le professeur architecte Ricardo Porro, un ancien ministre de la Culture de Cuba, exilé en France pour sa retraite, dont le projet phare avait été l'école de danse et des arts visuels de la Havane construit en 1963. La révolution culturelle à Cuba, la recherche de l'émotion architecturale, par les courbes, les lignes tout en sensualité jusqu'à l'érotisation des volumes avec des coupoles et des dômes d'aération disséminés sur les toitures du projet en forme de sein ou téton (« *J'ai ressenti le besoin d'exprimer ici l'explosion émotionnelle de tout le peuple cubain, qui était particulièrement sensible à ce moment-là.* » *(Ricardo Porro)*). La foule était évidemment dans ce cas à majorité masculine, Xavier en faisait partie, comme inscrit, et mettait jusqu'à la dernière goutte de sa sueur pour les rendus de projet avec Porro.

Là où la discussion était montée d'un cran avec Sybille, c'est quand, après un rendu, Xavier s'était vanté auprès d'autres étudiants d'avoir ce jour-là battu son temps de trajet pour aller de son appartement à l'école d'architecture, lui au volant et Sybille à l'arrière de la voiture, assignée à coller les derniers morceaux de kadapac de la maquette du projet à rendre, dont le sujet imposé était : un hôpital psychiatrique à taille humaine. Parmi ces morceaux, le dernier représentait le point final de son discours élaboré pour exprimer, dans son projet, le rapport entre folie et architecture, entre le besoin de sécurité des malades et les espaces qui devaient les protéger. Ce petit morceau, à coller au centre du hall de l'hôpital, ressemblait à une petite sculpture de madone vers laquelle toutes les lignes droites et courbes du projet se focalisaient. Porter l'attention, le regard, la mobilité du malade dans ses déambulations souvent anarchiques vers un point focal, une œuvre qui devait le rassurer. Xavier apportait là un discours sur son projet à la fois expressionniste, par ses lignes, à l'image de la doctrine de Porro, et post moderne par son sujet, à l'image du courant artistique en vogue à cette époque. Encore un projet bavard, dans l'air du temps.

Ce que ne disait pas Xavier à ses acolytes qui l'écoutaient, lui qui avait eu une très bonne appréciation de Porro, c'était que ce record de vitesse l'avait par deux fois transformé en délinquant routier sur le parcours qui ne durait qu'une demi-heure et où il n'avait que tout aux plus cinq minutes à gagner. Un piéton évité de justesse à cent mètres de chez lui alors qu'il surveillait le travail de Sybille à l'arrière, et ce pauvre rapace qu'il avait explosé, lancé à 140km/h sur l'autoroute. Sybille s'était juré de ne plus se laisser avoir, il botta en touche, affirmant qu'il n'avait pas le choix, qu'il risquait sinon de perdre sa place en début d'atelier, car même pour être corrigé, c'était à celui qui s'imposait le plus, l'énergie de Porro pendant ses ateliers déclinant à la vitesse d'un ballon de baudruche en perdition.

Mais ce soir-là, c'est la présentation de son chat qui avait créé la polémique, glaçant la rencontre avec Sybille. Sa mère, imprévisible, ne changeait pas. Elle était à la fois adorable, attentionnée, toujours disponible, prête à écouter son fils parler pendant des heures au téléphone, à approuver ses décisions, à encourager ses actions, à partager ses avis sur son entourage, sur la politique, sur ses profs, sur ses copines et surtout à ne jamais le couper pour un impératif, une casserole sur le feu ou un facteur qui sonnait. Et d'autres fois, de plus en plus nombreuses, il lui arrivait de s'emporter, ou de partir en pleurs, de se fermer totalement sans raisons apparentes, toujours quand il était question de son passé et de son mari. Une blessure profonde et cachée l'envahissait parfois sans qu'elle accepte qu'on y touche.

Et donc cette fois encore, sa mère avait craqué, et pour une raison que Xavier ne s'expliquait pas du tout : Le nom d'un chat ! Pour des retrouvailles familiales qu'il souhaitait détendues, même un peu sérieuses, tant il était fou de sa nouvelle copine, se laissant aller à envisager un avenir avec elle, c'était très mal parti. Il allait devoir jouer de son talent, de sa capacité à attirer l'attention de sa mère sur lui, pour la distraire de ses fantômes. Surtout qu'avec le nom du chat, l'enjeu apparaissait léger. Alors que pour lui, à cette époque, sans qu'il ne sache vraiment l'expliquer, vivre sans chat lui était devenu inconcevable. Il en avait besoin, autant qu'un enfant pouvait avoir besoin de son doudou.

Il tâcha d'expliquer à sa mère ce choix, ce nom choisi parmi les prénoms humains, tout simplement en parlant d'humanité, qu'il ressentait au contact de cet animal, à qui il parlait et qui semblait le comprendre et même s'intéresser à ce qu'il disait. Les postures de son chat, posé et détendu, prêt à l'écouter et avide de caresses en réponse le touchaient profondément. Ses paroles n'eurent pourtant aucun effet sur sa mère qui au contraire s'éteignait de plus en plus, recroquevillée sur elle-même. Sybille s'en mêla en parlant du chat qu'elle avait eu pendant son enfance qu'elle avait appelé Felix, qui était autant un prénom de chat que d'humain, qu'elle devait bien comprendre cela. Mais rien n'y fit, sa mère lui rétorqua aussitôt, interloquée par cette fille vraiment trop sûre d'elle.

— Ne vous mêlez pas de ce qui ne vous regarde pas, mademoiselle s'il vous plait !

La soirée, à peine commencée, partit en vrille. Tout avait été préparé pour en faire un bon moment : l'apéritif généreux, le thé pour la mère, la belle table décorée avec goût par Sybille, très attentive à la beauté des choses. Xavier lança des discussions ouvertes sur la politique, sur le postmodernisme, grand courant architectural international, sur le dernier romancier à la mode, Modiano avec « Rue des boutiques obscures », sur les musiques qu'ils écoutaient de manière compulsive en travaillant : Supertramp, Bowie, le jazz avec Monk et même Mozart ou Mahler. Toute cette ambiance ne fit pas revenir la mère de Xavier, fermée et triste, engoncée dans son retranchement inattendu.

Pour essayer d'intéresser sa mère à la conversation, elle qui avait acquis au fil des ans une profonde foi catholique, qu'elle pourrait ici exprimer auprès de Sybille, Xavier cita un exemple local d'une architecture récente, qui avait été un modèle pour les écoles d'architecture et qui s'inscrivait dans le mouvement postmoderne : l'église de Saint Germain, au Croisé Laroche à Marcq en Baroeul dans le Nord. Il se souvenait aussi que sa mère lui en avait un jour parlé avec une grande ferveur, à propos d'un accident improbable qui s'y produisit et qui avait failli coûter la vie à un enfant de 8 ans. La famille victime de cet accident, qu'elle connaissait un peu, cultivait la malchance, avec de grosses difficultés pour un de ses enfants qui ne parlait pas. A l'évocation de cette famille, elle lui était apparue totalement bouleversée. Pourquoi lui avait-elle raconté cette histoire ? Il y vit une tentative de culpabilisation, lui le grand bavard. Il en fallait plus pour le faire taire. Il s'intéressa cependant à cette église, pour sa valeur architecturale.

Elle était construite avec une large assise en brique et avec un toit en tuiles vernissées, colorées, planté d'une flèche très pointue vers le ciel. Avec cette évocation d'une architecture religieuse, il voulait ouvrir à sa mère une possibilité de revenir dans la conversation, tout au moins de faire semblant. Xavier était un enjôleur. Il avait cette aptitude à capter l'attention de l'autre, même celui retranché dans sa léthargie. Il était de ceux, comme lui disait souvent ses amis, qui avait une voix si ensorcelante, qu'à chaque fois qu'il prenait la parole, le silence se faisait autour de lui, toutes les oreilles se tournaient et se tendaient vers lui, même celles insignifiantes des moustiques, leur indiquant de se poser sur le premier humain venu, pour se taire enfin « tout en se sucrant au passage ! »

— Ecoute, Maman, toi qui es la première à m'encourager dans mon côté visionnaire, je vais te citer en exemple l'église de Saint Germain, celle de Marcq en Baroeul, dont tu m'avais parlé à propos d'un enfant handicapé, pas celle de Talloires. Je vois dans cette église de Saint Germain un ouvrage qui embrasse le monde, verticalement, par cette flèche pointue, qui donne la direction de Dieu pour en attraper le message biblique et horizontalement, qui le diffuse à son peuple de croyants. Une vision symbolique forte portée par une architecture loquace au vocabulaire local, représenté ici par l'utilisation assumée de la brique, brute ou vernissée, matériau proprement représentatif du peuple, voilà une définition possible du postmodernisme ! La parole divine doit être diffusée avec les mots du peuple. Qu'en penses-tu ?

— Xavier, l'évocation de cette église me fait l'effet inverse, tu n'aurais pas dû me la remémorer. Saint Germain, c'est aussi Talloires et la cascade du saut du moine.

Cette fois, l'effet escompté par Xavier échoua lamentablement.

— Maman, pour papa, c'était un accident, tu me l'as dit toi-même.

Sa mère se leva, abattue, les yeux profondément peinés, et s'adressa à son fils, en évitant le regard de Sybille :

— Trop c'est trop, mon cœur va lâcher, tout cela est trop lourd à porter ! Désolé Xavier, je vais vous laisser.

Ce soir-là, en quittant l'appartement de son fils si brusquement, elle venait de rompre le lien qu'elle avait tissé patiemment avec lui, malgré tout, depuis toutes ces années, et depuis l'accident de son mari, tombé dans le ravin de la cascade du saut du moine avec sa voiture en 1970. Elle comprit qu'elle n'y arriverait pas, que le choix de ne rien raconter à son fils était difficilement tenable. Mais, maintenant il était trop tard. C'était elle ou lui, sa vie ou la sienne, tout dire ou ne rien dire. Elle choisit de se taire. Elle choisit son fils, même si celui-ci ne pourrait jamais comprendre les réactions de sa mère. Au moins il avait la vie devant lui, et il semblait bien parti.

Quelques mois plus tard, Xavier trouva une lettre atypique dans sa boite aux lettres. Un format carré avec son nom et son adresse manuscrits. Sans doute Sybille qui lui écrivait, qui avait des remords à la suite de leur séparation. Il l'ouvrit alors qu'il était encore sur le palier de son immeuble, impatient et presque déjà soulagé de son retour à venir, bien qu'il y mettrait ses conditions.

    La séparation l'avait laissé sans voix et il en voulait fortement à Sybille. Encore ensemble, elle avait commencé elle aussi à lui poser régulièrement des questions sur son passé, sur son enfance. C'était à la suite de la soirée ratée et la saillie incompréhensible de sa mère à propos du chat. Esquivant les questions de Sybille tant qu'il pouvait, Xavier se fatiguait de cette insistance. Son enfance était un vide sidéral. Il n'avait rien à en dire. Il ne se souvenait de rien ou presque et ce n'était pas de sa faute. Sa vie n'avait commencé qu'à l'âge de ses quatorze ans, quand ils avaient emménagé à Veyrier du Lac juste avant l'accident de son père. Les années précédentes ne lui avaient laissé aucun souvenir. Son père était un homme droit, ordonné, prévisible et taciturne. Il fut totalement étranger à la vie de son fils, laissant sa femme prendre en charge ce petit qui avait tendance à être envahissant et exigeant. Les barrières qu'il avait mis en place entre lui et son fils étaient claires, précises, et totalement opaques et il était le seul à pouvoir les ouvrir quand bon lui semblait. Malheureusement, Xavier n'était pas forcément disponible à ces moments-là, trop occupé à construire son égo. Leur rencontre n'eut jamais lieu, si ce n'est autour de la passion de son père pour les voitures cabriolets. Des instants de pur plaisir de conduire au grand air et au milieu de paysages somptueux du lac, pour le père, et de découverte du sentiment de liberté absolu pour Xavier. De rares moments partagés en silence que Xavier continuait à évoquer auprès de ses amis quand il s'agissait de vanter sa passion masculine pour les belles carrosseries.

Mais Sybille ne lâchait pas, la réaction de la mère de Xavier l'avait marquée et elle ne comprenait pas comment il était capable d'occulter ce qui s'était passé. Comment il n'essayait pas de reprendre contact avec sa mère. Elle aimait sa propre mère et vivre sans elle lui était inconcevable. Alors pourquoi cette absence de réaction de Xavier ? Elle avait même fini par aborder le sujet un soir au coucher, après un repas bien arrosé, au moment qui aurait dû être celui des préliminaires si intenses habituellement avec Xavier : son entrée en scène totalement nu, ses tirades érotiques, ses caresses au plus près de son intimité, portées parfois par les mots d'un haïku, toutes ces folies qui faisaient la « beauté de l'acte » comme elle disait – Tout était esthétique avec elle –

— Fais-moi plaisir, Sybille, laisse ma mère tranquille ! Qu'est-ce que vous avez toute à me bassiner avec mon enfance, mon père, ma mère, c'est fatiguant.

— Ah par ce que je ne suis pas la première à t'en parler ?

— Non, ça revient toujours ?

— Y a peut-être une raison alors ?

Ce soir-là, cette question incongrue qui s'immisçait entre eux, au cœur de leur ébats, le mit hors de lui et surtout hors d'état de jouer sa partie érotique. Une impression de déliquescence l'envahit, état intérieur qu'il fuyait. Car il risquait de perdre ce à quoi il tenait le plus au monde : Plaire !

Il se lassa puis finit par s'offusquer de l'entêtement de Sybille. Elle finit par lui rétorquer son aveuglement. Derrière la beauté de cet homme se cachait une ombre qui s'imposait maintenant à elle, lui gâchant le tableau si parfait qu'elle s'était fait de lui. Apparemment elle n'était pas la seule. Elle le quitta aussitôt.

Xavier lut la première ligne de la lettre en se dirigeant vers chez lui puis s'arrêta net, furieux : une lettre de sa mère ! Il la replia aussitôt et chercha avec énervement les clés de sa porte d'entrée. Pas moyen de les trouver. Il lui fallut un moment avant de s'apercevoir qu'elles étaient restées sur le portillon de sa boîte aux lettres. Il avait perdu ses moyens avec cette fille, il perdait son temps avec sa mère. Décidément, il allait devoir se méfier des femmes.

Lundi 8 mai, 15h

Xavier,

J'ai eu une apparition lors de ma prière de ce matin et elle te concerne directement alors je ne pouvais pas ne pas t'en parler. Tu en feras ce que tu voudras.

Parmi toutes les petites copines que tu m'as présentées, il y en a une que tu aurais dû garder auprès de toi, au lieu de t'en débarrasser aussi brusquement. Je crois me souvenir qu'elle s'appelait Alexia, celle que tu n'as plus supportée parce qu'elle faisait psycho ! C'est elle que j'ai vue ce matin, soudaine apparition, pendant mes prières pour toi.

Il y a dans ton histoire quelque chose que je ne peux pas te dire. C'est Dieu qui m'envoie. Savoir Alexia à tes côtés me rassurerait, vraiment elle était faite pour toi. Je l'ai vu. Tu me disais toi-même qu'elle te faisait du bien, qu'elle était vraiment à ton écoute. Elle pourrait t'apporter un soutien psychologique le jour où des questions remonteront sur ton enfance et sur ton père.

A moins que tu ne consultes un psy, ça se fait de plus en plus tu sais.

Prends soin de toi.
Ta mère, qui t'aime et qui ne veut que ton bonheur, malgré tout.

Après une lecture distraite, devant son plat cuisiné réchauffé au micro-ondes, qui lui rappelait que sa mère n'avait jamais su cuisiner et qu'elle aurait dû consacrer un peu plus de temps à cette tache plutôt qu'à ses bondieuseries, il se tourna vers son chat qui le regardait depuis le canapé :

— Tu y crois toi au bon Dieu, Jean ?

Le chat continuait de le regarder.

— Et aux psys tu y crois toi ?

Le chat se mit alors à miauler

— On est bien d'accord, c'est une mascarade ?

Pas de réponse du chat.

Xavier tiqua, comme si ce chat venait d'exprimer un avis contraire au sien, ce qu'il n'aimait pas du tout. Il repensa à Alexia, c'est vrai qu'elle était jolie, et toutes ses conquêtes depuis Sybille n'avaient pas fait le poids. Il repensa aux dernières soirées de discussion avec elle avant leur séparation : comme Sybille, elle lui posait des tas de questions sur son enfance et cherchait toujours à savoir s'il allait bien.

— On peut parler tu sais, je peux t'écouter sur des sujets plus profonds si tu as envie. Tu fais le mariole toute la journée, tu palabres, tu invectives tes amis à tout bout de champ. J'ai parfois le sentiment que tu joues un rôle, très bien d'ailleurs, mais que ce n'est pas toi.

Xavier se disait alors qu'elle avait « trouvé son sujet » et qu'elle lui cassait les pieds. Non, il n'avait pas envie, il allait très bien, à part peut-être ces moments bizarres où il était troublé par une voix intérieure en écho de la sienne, par une présence invisible, ombre à ses journées et fantôme de ses nuits. Ce qu'il se gardait bien de dire à Alexia, puis plus tard à Sybille, et ni même à sa mère, de peur qu'elles ne s'en mêlent. Il ne voulait pas qu'elles transforment le sol stable sur laquelle il avançait dans la vie, en un marécage insidieux dont il ne pourrait plus sortir. Ne pas se poser de question, avancer, garder l'équilibre comme sur un vélo. Il pensait à cet adage « Pris dans les cales pieds de ses certitudes, un homme à l'arrêt chute immanquablement ». Cependant, à ces moments, Xavier ne voyait pas que cette chute, qui serait juste le fruit d'une remise en question, lui ferait toujours moins de mal qu'un plongeon inexorable dans un abime ou l'encastrement dans un miroir sans fond qu'il n'aurait pas voulu voir.

Chapitre 10 - FRANÇOIS

Le trou

Après avoir lu son journal et bu son café, prêt à se rendre au travail, le père tenta en vain d'embrasser sa femme présente à proximité. Comme tous les matins, toujours en peignoir, elle était en train de ranger tout ce qui devait l'être dans un vacarme assourdissant, vaisselle, casseroles, linge, gamelles des chats, plantes, chaussures… L'action plutôt que le silence, mortifère. Soûlé par ce bruit, rompu à ses refus, le père attrapa son manteau, ses clés, et au moment de passer la porte d'entrée, entendit sans surprise :

— Tu rentres à quelle heure ce midi ? Je prépare un soufflé au fromage.

Sa réponse, toujours la même quand il y en avait une, fut :

— Je fais au plus vite, comme d'habitude !

Il claqua la porte.

Aussitôt, elle saisit le journal taché de café et le mit à l'écart, avant que François ne descende. Car c'était son heure, quand le père quittait la maison, quand il avait la certitude qu'il ne l'emmènerait pas à nouveau à la Smir. On l'avait arrêté dans cette activité. Tout le monde l'avait mal vécu, surtout lui.

Désormais, ses premières apparitions matinales se faisaient dans le registre sonore. Ce n'était plus son regard inquisiteur, celui qui interrogeait sur la journée à venir, sur le niveau de bataille qui s'annonçait, sur le niveau de tolérance qu'ils allaient tous afficher, à la SMIR, dans la rue, chez lui, face à ses obsessions insensées.

Non, c'était sa gorge, ses grondements provenant du fond de ses nuits d'insomnie. Les séances duraient parfois plus d'un quart d'heure. Depuis sa cuisine, la mère le voyait à distance, se déplaçant entre sa chambre, le couloir et les toilettes, qu'il arrosait consciencieusement de sa morve. Depuis longtemps, plus personne, à part lui, ne s'y rendait, c'était devenu son bourbier et avait l'allure d'un marécage pour les autres, envahis par la peur de s'y noyer.

Le rituel de purge terminé, il s'habillait toujours avec les mêmes habits que la mère ne pouvait plus mettre au sale sans que cela ne provoque une crise.

Ce matin-là, il était particulièrement souillé. Elle l'aperçut alors qu'il commençait à descendre l'escalier pour venir l'envahir. Elle avait mal dormi et se retrouvait seule encore une fois avec lui. Il n'avait plus d'activité, plus d'avenir. Il fallait réagir. Il fallait au moins qu'il se respecte et respecte les autres aussi par son allure. Son corps avait déjà subi des transformations vicieuses : son dos courbé, son cou toujours de travers, vers le bas, comme attiré par les bas-fonds. Elle ne supportait pas la vision de sa tenue, son air de clochard ; il s'agissait de son fils. Ce matin, elle ferait front. Elle lui demanda d'aller se changer. François s'arrêta net au milieu de l'escalier. Il racla sa gorge à nouveau.

— Mais c'est pas sale !

— Si, François, tu ne peux pas te présenter comme ça. Je dois aller faire des courses, je voulais y aller avec toi, tu dois te changer.

— Mais c'est pas saaaalllle !

— Si !

— Pas saaalllle !!!

Il se retourna brusquement, tapant du pied sur les marches une à une et de plus en plus fort, pour remonter dans le couloir.

— C'est pas saaaalllle, c'est pas saaaalllle !!!!

Clac !!!!, la porte de sa chambre explosa sous le coup de sa force qui se décuplait quand on lui faisait front. Il n'avait plus six ans ; c'était, à ces moments, un homme enragé.

La secousse gifla la mère. Elle vacillait de l'intérieur, dans son cerveau, dans ses tripes. Sa main, qu'elle avait posée sur la rambarde en bas de l'escalier pour lui tenir tête, pour s'assurer, tremblait maintenant jusqu'au bout des doigts. Pourtant, aujourd'hui, elle ne voulait pas lâcher. Elle ne savait pas pourquoi la vie lui avait imposé ce genre de chose, mais elle savait qu'elle n'avait pas le choix. C'était elle ou lui. Elle monta l'escalier pour l'affronter et aboutir à son changement de tenue. Elle allait le convaincre, le calmer puis le convaincre, elle était sa mère, si elle n'y arrivait pas, qui le ferait ? Qui serait capable de décider et faire ce qui est bon pour lui, pour son avenir ? Elle ne pouvait pas compter sur son mari. Elle était seule, face à ses injonctions : *Je dois le guider, lui trouver une voie, je dois l'intégrer à cette société, je dois trouver une solution, je dois l'aider à se redresser, lui faire aimer la vie, lui rendre son sourire si mignon, si puissant. Je lui dois, je suis sa mère.*

Le père, à ce moment-là, n'était pas encore à son entreprise. Il s'était rendu au préalable au siège des Oiseaux bleus. Il s'agissait d'organiser, avec une des secrétaires, une réunion de travail autour des directeurs et éducateurs des différentes structures d'accueil de l'association. Il venait d'être élu président de l'association des Oiseaux bleus de Roubaix Tourcoing. Oui, il était concerné par le handicap, comme tous parents d'enfant handicapé. Et comme tous parents d'enfant handicapé, il voulait comprendre, agir, être utile, mais pas seulement pour son enfant, pour son fils, pour François. Non, c'était aussi pour tous les enfants handicapés, pour tous les parents touchés, tous les personnels concernés, et il avait trouvé la meilleure place pour cela. La présidence ! On attendait de lui une définition des valeurs de l'association, et surtout une vision pour l'avenir. Les enjeux sociétaux étaient cruciaux. Il y avait un bouillonnement à cette association, une dynamique qui avait attiré le père, au moment où il s'enlisait dans son entreprise et où il désespérait à la maison.

A l'association, on avait remarqué chez lui sa capacité à porter la parole en public. On appréciait ses discours, sa ferveur. Paul le surprenait parfois, à la maison, avec une feuille de papier quadrillée un peu chiffonnée, sans doute sortie de sa poche, où il notait des choses, concentré, avec une Suze à portée de main. Une assemblée générale s'annonçait, on attendait sa voix. Ce papier-là, précieux, François ne risquait pas de le mettre à la poubelle.

La mère avait cherché à le joindre. Elle appela son entreprise mais personne ne savait où il était, il n'était pas encore arrivé à son bureau. Il ne lui avait pourtant pas signalé de rendez-vous particulier en partant. « Comme d'habitude » avaient été ses derniers mots. Elle insista auprès de la secrétaire :

— Quand il arrive, dites-lui de rentrer tout de suite chez lui, tout de suite, c'est une urgence !

La secrétaire de la Smir raccrocha, intriguée. La femme du patron lui semblait en pleurs. Il avait dû, encore une fois, arriver quelque chose à son fils.

François avait atteint le fond, il ne pouvait pas aller plus bas. Puisque le père et la mère ne lui avaient pas trouvé sa voie, il finit par la trouver seul. Il avait vingt ans, il était dans une impasse totale, cloîtré dans son silence. Il lui fallait une issue. Sans les mots, sans la parole, sans interaction, sans échange, sans l'expérience de la vie, il ne lui restait qu'une solution.

Le tourne vis était dans une boite à outil, laissée entre-ouverte dans le couloir.

La mère insistait pour ses habits. Elle était venue dans sa chambre, lui avait tendu les habits propres à mettre, les avait posés sur son lit. Elle avait attendu, le suppliant d'un air insistant qui ne cachait pas sa peur. François était tendu comme un arc, bavant comme un crapaud, les yeux injectés de sang, il ne bougeait plus. Tout juste répétait-il, exténué « sont pas saalles, sont pas ssalles… ». Elle avait fini par sortir de la chambre en répétant, calmement :

— Mets tes habits propres, je redescends et t'attends en bas.

Puis, dans la descente de l'escalier :

— Je t'attends en bas François. Mets tes habits et viens, je t'attends en bas.

Il l'avait suivi, dans le couloir, balançant ses jambes, à droite à gauche, tapant du pied, reniflant, crachant, en colère.

« Il allait descendre », se dit la mère.

Mais il ne s'était pas changé, il s'était baissé, il avait attrapé le tournevis dans la boite à outil et il avait, d'un geste brusque, sans qu'elle ne puisse s'en rende compte, avec son vacarme habituel, embouti la cloison du couloir. Puis, il s'était mis en haut de l'escalier, derrière elle, et dans un accès de furie, il avait lancé le tournevis, de toutes ses forces, sur elle, sur sa mère, qui, à cet instant, descendait les dernières marches. Le coup, reçu par surprise sur son épaule gauche, fut d'une violence inouïe. Elle se déséquilibra, bascula en avant et se rattrapa de justesse sur le mur du bas de l'escalier. C'était le manche de l'outil qui l'avait atteinte, marquant son épaule d'un énorme hématome. Elle était sonnée, submergée par la douleur. Elle se retourna vers lui, le fixa un instant, envahi par la peur, puis s'enfuit brusquement. Elle ne pouvait plus le regarder lui, qui, du haut des marches, s'était mis à pleurer de tout son corps, essoufflé, abattu par son malheur et par son geste qui l'avait dépassé. Il pleura pendant une heure, il n'y avait plus rien d'autre à faire. Il était au fond du trou et avait, ce jour-là, emmené toute sa famille avec lui.

Elle n'avait pas réussi à joindre son mari. Elle ne savait pas où il était. Elle s'enferma dans sa chambre, au rez de chaussée. Ce n'était pas par peur de son fils, mais par résignation, le début d'un abandon. Il pleurait de tout son être et elle ne pouvait plus rien pour lui. Comment réagir à une telle scène ? Un jour, l'inacceptable s'impose, ne vous laisse plus le choix, ni celui de l'illusion, ni celui de l'espoir cultivé sans répit.

Il y avait peu de temps, inconscient ou sciemment, son mari lui avait parlé de cas désespérés de jeunes adultes handicapés devenus violents en famille et qu'il avait fallu interner. François était dans la pièce à côté au moment de la conversation et avait sans doute entendu. Il le savait.

Au retour du père, le silence avait envahi la maison. Il se rendit à l'étage et vit François dans le couloir, figé, la tête baissée, le visage encore rouge. Il y avait le coup dans la cloison.

— Y sont pas saalles !

— Quoi y sont pas sales

— Mes habits, y sont sont pas saalles!

— Mais où est ta mère ?

Pas de réponse de François.

— Elle est partie ? qu'est-ce qui s'est passé ici ? C'est quoi ce coup ?

— En bas … Y sont pas saalles !

La mère s'était assoupie sur son lit. L'irruption de son mari la fit sursauter d'autant qu'il l'interpella sèchement tout en lui secouant l'épaule meurtrie.

— Mais pourquoi tu m'as appelé ?

— Mon épaule, tu m'as fait mal.

— Qu'est ce qui s'est passé ?

— François a eu un coup de folie !

— Tu t'es battue avec lui, il t'a blessée ?

— Il aurait pu me tuer, tu comprends, il aurait pu. Je t'ai appelé, tu étais où ?

A ce moment, en plus du choc subit, de surcroît, son incessante tendance à la jalousie s'empara d'elle. Elle aurait pu, à son tour, faire une crise de folie !

Le père ne répondit pas. Elle réussit à se calmer et lui raconta alors la scène, la violence, la surprise, l'échec. Elle était désespérée. Elle s'attendait à sa réaction.

— On va prendre rendez-vous avec un psychiatre à l'hôpital psychiatrique de Saint-André en urgence. On n'a pas le choix. Il faut nous protéger. Y a des traitements pour les stabiliser.

La mère les connaissait, ces traitements, ils allaient l'abrutir. Elle s'y vit, avec lui, au fond du trou. Le père voyait son fils comme un cas, un échec, un handicapé de plus sans autre avenir que la psychiatrie. C'était sa façon à lui de se protéger. Mais au fond, dans le trou, il y était lui aussi, et ça faisait mal !

Son internement dura deux ans. Pas de son, peu d'images. Les visites s'espaçaient de plus en plus. Il ne parlait pas. Il finit par ne plus même reconnaitre son père, lors d'une de ses rares visites, en le voyant arriver dans le couloir du bâtiment, il avait répondu à son bonjour par un : « z'étes qui » ?

Le lien entre la direction de l'établissement et le père, en tant que "président" de l'Oiseau Bleu, n'existait pas. Seules les rencontres avec le psychiatre en charge de François rythmaient le changement. Le changement de traitement médicamenteux, ou de dose, dans les premiers temps. Le changement d'approche, les tentatives d'intégration à des activités, par la suite, toutes vouées à l'échec. Les soignants fluctuaient. Les échanges avec eux devenaient primordiaux lors des visites. C'était eux qui le regardaient vivre tous les jours. François avait quand même des hauts et des bas, des moments de présence, de liens avec eux, faits de petits riens, et avec, même, certains autres malades. Mais les rencontres avec sa famille ne disaient rien de tout cela. Il était toujours fermé, de plus en plus courbé, aphone. Tout juste, il crachait. Ils finissaient même par se demander quelle était la réalité ? Si le personnel n'inventait pas une vie à François ? Pour les rassurer, ou pour se rassurer eux, qu'ils aient l'impression de servir à quelque chose.

Au bout d'un an de sa présence au pavillon D, un nouveau psychiatre arriva dans le service et dévoila rapidement ses intentions vis-à-vis du patient François. Il voulait l'évaluer, l'ouvrir à une parole, d'une manière ou d'une autre, mais n'y arrivait pas lui non plus. Il finit par proposer une thérapie familiale, François, parents, frère et sœur avec lui. Tenter de libérer François, trouver les sources de ses angoisses profondes. Tous acceptèrent.

La pièce où se déroula la rencontre fut le seul endroit où Paul garda des souvenirs précis avec François de cette période. Pourtant ce jour-là, il n'avait pas plus parlé.

Elle était sombre, haute de plafond. Elle donnait sur une cour fermée d'où on entendait des voix, sans doute du personnel. Une fumée de cigarette en suspension se dégageait de l'endroit. L'odeur était présente jusque dans le bureau. Paul pensait qu'elle s'était introduite par les fenêtres mais il comprit vite qu'ici la fumette était généralisée. Le psychiatre, après les avoir fait entrer, ferma les fenêtres, passa derrière son bureau, ouvrit un tiroir et en sortit un cendrier qu'il posa devant lui. Il fit asseoir tout le monde, François au milieu. Il commença par lui demander de ne pas cracher et lui proposa une cigarette. Il se mirent à fumer à deux, un code d'habitués, un léger signe de ralliement. Le silence s'installa, toujours présent autour de François. Paul avait eu le temps de regarder la pièce de bas en haut. Le carrelage moucheté n'avait aucune allure, en petits carreaux format cinq par cinq usés, ébréchés, teintés par endroit de rouille ou de nicotine. Au plafond, suspendus très haut, des panneaux mouchetés gris de format cent vingt par soixante, posés sur des rails en métal blanc cassé ou rouillé, là où les plaques étaient auréolées, à cause des fuites à l'étage du dessus. Tout cela n'avait aucune allure, une impression d'abandon. Entre les deux flottait un nuage de fumée à cigarette. L'atmosphère était déprimante. Paul aurait pu s'y noyer. L'idée que son frère y passait ses journées entières l'effrayait.

La question qui avait été posée à la famille était :

« Que diriez-vous de votre frère ? Que souhaitez-vous lui dire là, maintenant, qu'il est à coté de vous ? »

Paul avait répondu :

— Je vis ma vie. Il vit la sienne !

Paul avait vingt ans, il devait construire sa vie. Son frère était devenu un boulet, qui pouvait s'accrocher à la jambe de qui voulait, mais pas de la sienne.

Quant à Claire, elle répondit, en regardant fixement François :

— François, petit frère, je t'adore tu le sais, mais tu m'as quand même empêchée de vivre à la maison, tu m'as, un peu, volé ma jeunesse.

Et se tournant vers le père et la mère :

— Depuis toute petite, j'ai essayé de soutenir François, j'ai donné de mon temps, je l'ai cajolé, rassuré, accompagné dans ses jeux, toujours les mêmes. J'ai voulu partager avec lui ma passion, les animaux, la nature. En retour, plus jeune, François souriait, avait l'air heureux et me rendait heureuse, mais ça n'a pas duré.

Puis elle se retourna vers François :

— Tu te souviens, Scipion, le chien ? Il nous bavait tout le temps dessus.

Il n'y eut aucune réaction de son frère qui avait le regard vide d'une personne assommée de pilules. Elle s'adressa à nouveau à ses parents :

— Ça vous arrangeait bien, une petite nounou à domicile, qui s'entendait bien avec son frère, qui lui redonnait un peu de vie, lui offrait quelques moments de répit. Ça vous arrangeait tellement bien, il semblait tellement heureux, que ce qui, au départ, était un élan naturel de ma part, soit devenu, par votre faute, une obligation.

« Qu'est-ce qu'il deviendrait sans elle ? »

« Va lui parler, tu as l'art de le calmer »

« Ne l'abandonne pas cet été, il a droit à des vacances aussi »

Ces messages insinués, pressants, culpabilisants, ils ont baigné mon enfance, me privant de tout ce que j'aimais, d'une vie sociale normale, et surtout me privant de votre regard sur moi, simplement. Y-a-t-il une photo de moi jeune sans mon frère à côté ? Je ne le crois pas. Même le jour de ma profession de foi, vous l'aviez lui aussi habillé tout en blanc, pour la photo : « les inséparables » ! Je n'existais pas pour vous sans lui.

Puis, se tournant vers le psychiatre, elle ajouta :

— Il fallait que je sois sincère je crois ? je l'ai été. Parler de François c'est pour moi parler de deux échecs, le sien et mon enfance. Mais je ne porterai pas la responsabilité de tout cela.

Elle sourit timidement à son frère :

— Tu n'y es pour rien, François, et, se tournant vers ses parents :

— Je suis désolée.

Quand on est dans un trou, profond, à plusieurs, il n'y a pas trente-six solutions pour en sortir. Il n'y en a que deux. La première c'est d'espérer qu'en se faisant la courte échelle, le dernier se hisserait suffisamment haut pour sortir et aller chercher du secours ; celle-là, la famille l'avait déjà essayée, tout le monde y avait mis du sien depuis vingt-cinq ans, dans la peur, dans la sueur, dans la douleur, dans l'abnégation parfois, mais elle n'y était pas arrivée. Tous finissaient par se marcher dessus dans ce trou exigu et noir et commençaient à se comporter comme des bêtes sauvages.

La seconde c'est d'espérer que quelqu'un de l'extérieur vienne vous envoyer la corde, le filon qui vous sortira du trou.

Cette solution ne dépendait pas d'eux. Ils ne savaient donc pas si elle se présenterait un jour, ni quand. Ils avaient beau appeler à l'aide, leurs cris résonnaient seulement dans leur tête et commençaient à les autodétruire. Ils finissaient par se taire, résignés.

Elle arriva de nulle part, alors qu'ils s'étaient tous tus, à leur manière. François, stabilisé par un traitement abrutissant, le père, investi de tous ses mots et dans tous ses projets aux Oiseaux bleus, la mère à pleurer en silence et se rachetant en accueillant des handicapés chez elle, à la demande de son mari pour des situations provisoires, Claire et son mari, dans le bonheur du premier bébé et Paul dans ses études d'architecture, passionnantes.

C'était au printemps 1981, Mitterrand accédait au pouvoir et la France d'en bas jubilait.

Certains membres des Oiseaux Bleus s'étonnaient de ce que le père ne cherchât pas à trouver une place pour François dans les structures que l'association créait sans ménagement. La pression pour trouver une place était très forte, tant de parents les convoitaient pour leur enfant.

Il aurait dû, étant donné sa position, en réserver une pour François. C'était parfaitement légitime. Il ne le fit pas, n'y fit jamais allusion, pensant que la situation de son fils à l'hôpital était provisoire. L'écho de l'hôpital était tout autre, le psychiatre était dans une impasse et il l'exprima clairement aux directeurs d'établissement de l'association avec qui il échangeait régulièrement.

Le filon fut donc jeté par l'un d'entre eux, Monsieur D, un sauveur tombé du ciel. Il trouva une place pour François dans un autre département, dans un foyer Impro à Alfortville en banlieue parisienne. L'intégration se fit petit à petit, les dérogations territoriales et autorisations diverses furent accordées — financement, obtention de l'allocation… — Après un séjour de quinze jours en juin, un autre en juillet et surtout une quinzaine de jours de vacances en Aout dans un centre équestre avec les membres de son nouveau foyer, qui le firent doucement renaître, François fut intégré en septembre 1981, à vingt-cinq ans, dans ce qui deviendrait son chez lui, le toit de sa nouvelle vie, celle d'un adulte, handicapé, qui allait pouvoir apprendre son autonomie. Il était à deux cents kilomètres de sa famille, il recommença à respirer, et le père et la mère aussi.

Chapitre 11 — FRANÇOIS

La mère

Paul avait rendez-vous avec la mère à Paris. Il descendait rejoindre des amis dans les Alpes. De son côté, la mère avait organisé des vacances avec une belle sœur à Saint Germain, au chalet. Elle venait de faire une visite à François à Alfortville. Ils devaient se retrouver au pont de Charenton sur l'A4. Pour la première fois, ils allaient voyager à deux, dans le combi VW de Paul.

Pour le tracé du voyage, Paul proposa à sa mère de passer par la route qu'ils empruntaient en famille, fin des années 60, avant la construction de l'autoroute A40, pour se rendre à Talloires. Ils quittèrent l'A6 à la sortie Tournus, pour prendre la direction de Bellegarde, par les départementales. Elle acquiesça, souriante et détendue, et se mit à évoquer ses souvenirs de voyage : la vieille Mercedes du père, polluante classe S, qui servait de champignonnière le reste de l'année sur le parking de la maison, les jeux sur l'autoroute, où il fallait choisir un modèle ou une couleur de voiture et en repérer le plus possible, les vomissements intempestifs de Paul sur les petites routes, les voyages à sept avec des cousins qu'il fallait transporter de chez une tante à une autre, et où Paul se retrouvait, en tant que petit, allongé sur la lunette arrière, coincé, sans qu'il ne vomisse ces fois-là, au grand soulagement des autres passagers, fort exposés sur la banquette arrière …

La route n'avait pas changé. Une vague émotion parcourut Paul à retrouver ce jour-là, ce parcours nostalgique à côté de sa mère. Les mots se bousculaient dans sa tête, pourtant ils ne sortaient pas. Paul avait, avec l'âge, perdu cette capacité à parler pour parler. Il voulait se justifier auprès de sa mère de ses absences de visite à François, elle qui allait le voir régulièrement, comme sa sœur Claire. Il ne l'avait pas revu depuis longtemps. Pourtant, rien ne justifiait ses absences. Il avait sa vie, chargée, et il avait inconsciemment intégré que François avait la sienne, sans qu'il n'imagine vraiment comment il occupait ses journées. Il avait un peu honte. C'est sa mère qui brisa le silence alors qu'il était dans ses pensées. La route sinuait le long d'une rivière bordée de peupliers et de saules. La lumière rasante du soleil couchant faisait scintiller la surface de l'eau perlée de feuilles. Tout était vibration, amplifiée par le déplacement du véhicule dans l'air.

— Alors, écoutes-tu toujours autant de musique ? Je me souviens encore quand tu travaillais tes morceaux de Mozart au piano ou Chopin, à la maison. Tu ne le voyais pas mais je me posais toujours lorsque tu jouais, j'écoutais derrière les portes, j'adorais ces moments. Le piano sonnait avec une musique que j'aimais et j'étais fière. Tu jouais les concertos de Mozart. Tu aurais pu être un grand interprète !

Paul fut profondément touché par ce qu'elle disait. En fait de concertos c'étaient les sonates de Mozart, plus accessibles. Par contre il écoutait toujours ses concertos, le numéro vingt trois notamment, et son adagio fabuleux, qu'il proposa à sa mère de réécouter dans le Combi. Cette musique le ramenait toujours au film « Confidences pour confidences » de Pascal Thomas et il trouvait amusant de penser à cela, juste au moment où ils étaient dans un échange confidentiel avec sa mère. Ce film l'avait marqué, comme la chronique d'une vie de famille dans les années soixante, pleine d'humanité. Il se dit que sa mère y avait toute sa place dans ce film. Pour son père il avait un doute, et puis quand même, d'un certain point de vue, peut-être un peu, car François était un extra-terrestre et l'humanité du père, qui s'exprimait dans les hautes sphères, n'avait pas réussi en fin de compte à faire le lien profond avec la chair de sa chair.

De sa mère, il se souvint aussi de son enthousiasme, lorsqu'à l'époque de l'agression de François avec le tournevis, il venait de finir un aménagement de placard dans le couloir de la maison à Wasquehal, un ouvrage sur mesure « Travail de pro ! » lui avait-elle dit. Il était encore imprégné de cette reconnaissance. Peut-être même est-ce cette parole qui aura orienté son futur choix professionnel d'architecte. Le père, lui, l'avait sermonné le soir de la crise : « Si au moins tu avais rangé la boîte à outils ! ».

La mère parlait peu mais toujours avec pudeur et bienveillance. Paul se demanda comment aborder le sujet de son frère pendant ce voyage, sans réveiller chez elle de profondes douleurs. Il pensa à une anecdote de Claire, de nature à faire correspondre la beauté des paysages qu'ils traversaient à l'évocation de François. Ils étaient en cours d'ascension du col du Berthiand, avant l'arrivée à Nantua. Les perspectives qui s'ouvraient entre chaque bosquet de sapins en aval de la route réveillaient en lui une sorte d'émerveillement inlassable et réconfortant. Il y avait ces monts bordant la vallée de l'Ain et ces collines adjacentes, enlacées de petites routes sinueuses, traversant prairies ou bois, cultures ou hameaux, en direction d'un paysage prometteur. Pour parfaire le tableau, la mère, avide de prière, aurait pu y ajouter les clochers des villages. A chacun son absolu…

Claire avait choisi d'emmener François au musée Grévin, pour le sortir de sa chambre d'Alfortville, où les discussions, ou plutôt les questions sans réponse, s'épuisaient vite au milieu de la fumée de cigarette et des étagères de petites voitures. A cinq, avec Patrick et leurs deux enfants, ils entrèrent dans le musée à une heure sans affluence. François demanda les toilettes, ainsi que la cadette, encore petite. Il entra chez les hommes. Claire accompagna sa fille. Le grabuge des raclements de gorge qui surgirent de derrière les cloisons n'effraya pas la petite. Claire lui avait raconté la drôle d'histoire de son oncle qui ne parlait pas. Ils étaient seuls. Claire sortit tranquillement. Pourtant, le comportement de François dans les toilettes aurait mis n'importe qui d'autre dans la honte la plus totale.

François était détendu, il était dans un bon jour. Patrick suivait ses enfants à la recherche des personnages de leurs univers, le petit prince, Marsupilami…François lui s'arrêtait devant chaque statue, au début suivi par sa sœur mais très vite laissé à lui-même tant il prenait son temps. Il regardait les vedettes pendant de longues secondes, avec un grand sourire, la colonne vertébrale redressée. Claire l'observait maintenant de plus loin, de temps en temps. Elle avait l'impression qu'il entrait en discussion avec les personnages. Patrick l'observa aussi et disait qu'il se comportait comme s'il était devant un miroir. Claire craignait qu'il fasse une crise d'absence. De ces personnages du Grévin émanait quelque part une expression du vivant, ressentit par tous, plus ou moins, et c'était pour cela qu'on venait ici. François, lui, semblait en communication avec eux, comme s'ils étaient de son monde, sans parole. Il y avait une symbiose qui s'opérait. Il les admirait. Tout le monde les aimait, c'étaient des stars…Peut-être s'y voyait-il un jour ?

En racontant cette histoire, Claire avait ajouté à Paul :

— Tu sais, je n'ai jamais vu François comme cela, aussi présent à lui. J'ai failli pleurer. Il était bien vivant, comme à la Tournette, tu te souviens ?

Cette parole avait marqué Paul, toujours reconnaissant de ce que sa sœur apportait à François.

La mère avait aussi partagé cette histoire avec sa fille. Elle y voyait la grâce de Jésus. Paul s'aperçut qu'elle faisait de plus en plus référence à sa piété grandissante, comme si elle avait mis le sort de son fils et même de sa vie entre les mains de Dieu. Elle ne cherchait plus à comprendre, à se triturer la tête. Elle ne voulait plus culpabiliser. Elle avait retrouvé la confiance, le détachement de tout ce poids d'une vie harassante.

*

En presque quarante ans, depuis l'année 1981, Paul n'avait rendu visite à son frère qu'une dizaine de fois à Alfortville. Au début de sa vie parisienne, il arrivait régulièrement que François revienne passer quelques week-ends chez le père et la mère. Sans doute Paul le voyait-il à ces occasions-là. Mais ces retours se sont arrêtés car il les vivait mal, les échos de ses éducateurs ou éducatrices étaient très clairs. Moins il retournait dans le Nord, plus il était serein. Cela put être une explication au manque d'élan qu'eut Paul à lui rendre visite par la suite.

Une seule fois, il s'y était préparé. Sa motivation venait du fait qu'il pensait avoir trouvé un moyen de rentrer dans le monde de François, d'en faire une véritable rencontre, un moment partagé, pas uniquement une visite au foyer où les échanges verbaux flottaient esseulés dans un néant de banalité et où seul un sourire, une embrassade, une anecdote justifiaient la rencontre dans l'atmosphère toujours enfumée de sa chambre. Claire avait su aussi bousculer Paul en lui parlant des sorties qu'elle faisait avec lui à Paris, le Grévin et d'autres musées dont il appréciait la découverte. L'idée de Paul est venue grâce à sa mère. Elle ne manquait jamais de lui raconter les vacances de François, chaque été, dans un centre hippique. François avait bien une passion pour les chevaux, dont il n'avait absolument pas peur, même encore très tard alors que son état physique était très dégradé.

Paul venait d'acquérir une Smart, ce petit véhicule urbain d'une praticité remarquable. En ville, se faufiler, manœuvrer, se garer devenait un jeu d'enfant.

Son projet consistait en quelque sorte à balader François dans Paris pour aller admirer, avec lui, les nombreuses statues équestres qui jalonnent la capitale. La Smart permettait une approche maximale avec les œuvres, permettant à François d'éviter les transports en commun qui lui devenaient pénibles et permettant à Paul d'éviter ce mal-être qu'il ressentait avec son frère dans les espaces publics, quand il s'adonnait à ses séances de raclement de gorge. Paul n'y arrivait pas, lui, contrairement à sa sœur, il avait toujours honte.

Ainsi, en smart, il n'avait qu'à le déposer devant les statues, se garer incognito sur les rares espaces encore perdus de la ville de Paris, et le rejoindre pour la photo…François faisait alors véritablement sa star, cherchant le bon angle, posant ses mains sur les statues, comme pour se les approprier. Le geste d'un cavalier qui remercie son cheval après la course. Celui du propriétaire fier de son étalon. Paul était subjugué. Il était devenu à son tour le public de son frère.

La dernière statue que Paul avait repérée se situait au parc George Brassens dans le XVème arrondissement. Elle s'appelait « L'Ane ». Un âne attelé d'une charrette, sculpture en bronze. Elle fascina François au point qu'il resta devant les yeux grands ouverts pendant plus de cinq minutes. Encore une de ses séances d'épilepsie. Paul le laissa, rassuré.

Puis il l'entendit dire :

— L'âne il est mort !

Chapitre 12 — XAVIER BELLAZ

La réussite ?

— Vas-y, Crétin, je t'écoute !

Le perroquet sautilla sur son perchoir avant de se lancer :

« Cher Monsieur le Maire, chère Madame l'adjointe,
CRETIIIN !
Bonjour mesdames et messieurs, bonjour à tous ici présents devant moi. Je commencerai par vous exprimer, avec la plus grande sincérité, le grand honneur que vous me faites ici à nouveau de me donner la parole, une parole si précieuse en ces temps agités... je dirai même secoués...
CRETIN !
Aujourd'hui, je vais vous présenter ce qui sera le plus ambitieux projet architectural de votre territoire...de notre territoire, le territoire annécien, depuis l'arrivée de notre nouveau Maire. L'architecture est un langage, l'architecte un poète... »
CRETIN !

— C'est bon, ça va aller mon Crétin !
— *Crétin toi-même ! et mes graines ?*

— Demande à Léa, je n'ai plus le temps.
— *CRETIN ! bachi-bouzouk ! déserteur !*

Pour se préparer avant la présentation publique de ses projets, Xavier avait mis en place un rituel très personnel. Il s'imprégnait du début de ses discours, écrits à l'avance, en les faisant répéter par Crétin, son perroquet, un gris du Gabon, particulièrement loquace, cadeau de Léa. Léa était sa troisième femme officielle toujours choisie par lui avec les mêmes critères : beauté, écoute, attention. Ainsi ce cadeau était, lui avait-elle dit, pour :

« T'assurer un public quotidien »,

« Un public très à l'écoute, qui tiendra le débat sans toutefois te contredire si tu sais l'éduquer » avait-elle rajouté.

Xavier avait applaudi l'ingéniosité de Léa, qui à la fois se libèrerait de ses bavardages incessants, car elle avait ses limites, tout en lui permettant, lui, de s'écouter parler. Rapidement, avec l'aide d'un grand spécialiste des oiseaux, il avait donné à cet animal le goût de la parole bien faite, bien dite, comme la sienne, qu'il était capable de mémoriser et de restituer à la demande. Désormais, le travail en cours avec Crétin consistait à le faire tenir sur la durée. A ce jour, il produisait une minute de paroles audibles. Pour épater ses amis, Xavier laissait croire que son perroquet serait un jour capable de faire un discours entier à sa place, sans qu'il ne finisse par insulter son auditoire. Ce matin-là, pendant la leçon du jour, Crétin était particulièrement énervé. Les insultes fusaient avec un niveau sonore étourdissant. Le passage du relais ne serait pas pour cette fois.

Pour la présentation du projet de la nouvelle Mairie de Poisy, Xavier avait dû ajouter un aspect technique à son argumentation, habituellement plutôt conceptuelle et esthétique. Il défendait ce projet pour son agence annécienne B&CO, successeur de l'agence Blanc, agence historique de la ville d'Annecy. C'était le 15 juillet 1996, et la ville venait de subir un tremblement de terre nocturne de magnitude 5,2 sur l'échelle de Richter. Cet événement, s'il avait eu lieu trois heures plutôt, en pleine fête du 14 juillet, aurait entraîné des conséquences très graves. Xavier le savait et l'équipe municipale ne ferait pas l'impasse sur ce nouveau risque.

La veille au soir, Léa et lui avaient diné à l'Auberge du Père Bise, installés face au lac qui scintillait de tous feux avec les reflets de la petite baie de Talloires sous le soleil couchant. L'eau se préparait déjà à renvoyer les mille couleurs du feu d'artifice qui allait être tiré depuis la baie d'Annecy dès la nuit tombée.

A table, il avait été question des effluves d'un vin blanc de Bordeaux, des saveurs d'une truite rouge du lac, l'Omble chevalier, relevées d'un jus d'épicéa, de la chair saignante d'un chevreuil, du subtile goût noisetté d'un fromage de Beaufort et d'un final sucré en forme de chocolat et safran. Appréciés jusqu'à la dernière miette par Léa, tous ces instants gourmands étaient entrecoupés des bavardages de Xavier, sur l'agence B&CO, ses projets, la future mairie à Poisy, son perroquet, son golf, ses voitures de collection, cet horrible bâtiment d'un confrère, son intention de se présenter aux élections régionales de l'ordre des architectes, bref, lui, encore et toujours.

A cette occasion exceptionnelle, Xavier avait organisé la soirée en deux temps : sous les dernières lueurs du jour, le dîner, délicieux et bavard, puis, au crépuscule, après l'ascension en voiture jusqu'à la chapelle de Saint Germain, le spectacle, depuis le belvédère. Une petite marche de cinq minutes sous le couvert d'un petit bois sur le côté de la chapelle permettait de rejoindre une prairie qui faisait face à Annecy, transformée en gradins naturels avec une vue privilégiée sur le feu d'artifice. Pour Xavier, c'était l'occasion d'un petit pèlerinage, comme il aimait le faire, sur le lieu de leur premier amour, bien que ce soir-là, il leur fut impossible de se rejouer la scène. Dans la pénombre émanaient de tous bords des conversations variées parmi les silhouettes déjà assises, en place pour le spectacle. Le spot était connu. Quand le spectacle s'illumina, toutes les discussions s'effacèrent, jusqu'à celle de Xavier qui fit place aux murmures. Sur un fond de nuit noire, des tableaux polychromes s'exposèrent en silence, avant d'exploser en détonations. A cinq kilomètres de distance, la lumière n'attendit pas le son. Chaque onde traça son chemin., vibra à son rythme, dissonant, et pourtant concordant, dans une danse surnaturelle de toute beauté.

Après cette tradition féérique du lac d'Annecy, dans la nuit, la terre se mit à vibrer à son tour. Un tremblement de terre qui fit de très gros dégâts sur les bâtiments, heureusement sans faire de victime. La population annécienne, choquée, était quand même descendue dans la rue, par peur de répliques plus fortes.

Pour son discours à venir auprès des élus, Xavier envisagea la réponse appropriée à cet évènement en buvant son café du matin. Il lui suffirait de mettre en avant son bureau d'étude béton, son expérience déjà acquise dans le domaine sismique, ses voyages professionnels au Japon pour se confronter à la réalité des techniques antisismiques ou ses partenariats avec une équipe de conception japonaise, régulièrement invitée à participer à des concours d'architecture en France. Des informations, non vérifiées, pourtant perçues comme des garanties auprès de ses interlocuteurs. Xavier Bellaz ne doutait de rien ; mettre en confiance ses clients était devenu sa spécialité. La confiance qui apportait l'efficacité, qui faisait avancer les projets, qui ferait parler de lui.

Il était conscient de la singularité de chaque projet architectural. Pourtant ses clients, notamment dans la sphère publique, avaient tous les mêmes questionnements face à un projet qu'on leur présentait en concours. Quels arguments, quelles images du projet — avec le développement nouveau des images de synthèse — allaient leur permettre de rassurer les détracteurs de tous bords ? Comment construire un discours sur un projet, comment le présenter, communiquer pour le rendre attrayant et sécurisant à tous les coups, sur tous les aspects. Xavier excellait sur le sujet, et, à quarante ans, sa réputation était faite. Il impressionnait même, dans son agence, les jeunes architectes concepteurs, les chefs de projet, qui eux regardaient la particularité d'un projet, les spécificités du site, la réponse à un programme ou les contraintes réglementaires. Xavier survolait tout ça. Il écoutait ses collaborateurs cinq minutes, sur les grandes lignes du projet, avant de se préparer à une réunion de présentation et, par son bagou, convainquait à chaque fois son client. Son lyrisme architectural, son élan communicatif, sa verve appropriée avec les mots ciblés qu'il gardait en secret au fond de je-ne-sais quelle bibliothèque intérieure, tous ces atouts avaient fait de lui un architecte de renom. Sa parole forte, ses discours exemplaires, étaient reconnus dans la profession jusque dans les milieux parisiens.

Sa réussite l'emporta même hors de son milieu de bâtisseurs. Lors d'un dîner à l'occasion d'un séjour à Paris, il croisa le producteur de Johnny Halliday, dont le succès ne tarissait pas à cette époque. Johnny, l'homme de la scène par excellence. Et lui, le fan, qui se retrouvait justement là, à la même table que son producteur. Il n'y avait pas de hasard. Il sentit, à cette occasion, venir en lui une poussée d'adrénaline qu'il n'avait pas connue depuis longtemps. Johnny, le rock'n'roll, la Californie, Los Angeles, les motos, un pont, oui le pont de San Francisco ; et si Johnny faisait un concert depuis le Golden Gates ? Une reproduction sur scène, grandiose, à l'échelle d'un stade. Le producteur l'écoutait, amusé, puis intrigué, les deux oreilles tendues dans l'effervescence des discussions autour de la table. Il préparait justement le prochain concert de Johnny au Parc des princes. Il voulait du délire, de la folie, du monumental, à l'image de sa star, et cet architecte les lui apportait justement, là, sur un plateau. Xavier argumenta en direct devant le producteur, avec son regard franc, amusé mais néanmoins concentré. Les conversations s'effacèrent. Pendant sa démonstration, tout le monde avait les yeux braqués sur lui.

  Xavier exultait, sa voix avait porté, encore une fois. Il avait trouvé là de quoi agrandir son terrain de jeu. La partie continuait, c'était un jeu de rôle et il avait le plus beau.

  Sa force lui venait du plus profond, dans sa capacité à prendre la place de son interlocuteur et lui apporter par les mots tout le sel de vie qu'il attendait, qu'il ne soupçonnait pas en lui. C'était un révélateur, un catalyseur de projet. Sans les autres, sans leurs envies, et sans les mots pour convaincre, il risquait fort de se faner.

  Le producteur lui confia effectivement le projet. C'était en 1993. L'agence B&CO était constituée depuis peu. Xavier avait rejoint l'agence Blanc en 1990. Il avait quitté ses associés de Grenoble pour venir s'installer au lac d'Annecy, projet qui le hantait depuis longtemps, l'inévitable retour dans la ville de sa jeunesse. Son expérience et sa renommée étaient déjà faites. Il suggéra une association avec Nicolas, le fils de Léon Blanc, fondateur de l'agence. Léon Blanc se retirait et vendait ses parts. La place était parfaite pour Xavier. Nicolas resterait aux commandes de l'agence, dont il connaissait le fonctionnement et les rituels ancestraux qui avaient fait, disait-il, sa renommée. Xavier apporterait son sens relationnel pour rebooster l'agence qui commençait à perdre du terrain.

Nicolas était très complémentaire de Xavier, plutôt bel homme, posé, mais dont la parole était inversement fluide au nombre de personnes qui se trouvaient face à lui, incapable de sortir le moindre mot devant une foule, même acquise. En revanche, en intimité, ses mots étaient délicats, attentionnés, subtiles, et surtout curieux, à l'écoute de l'autre, des autres, de toutes les femmes qu'il était parvenu ainsi à mettre dans son lit. Quand Xavier lui présenta la sienne, Léa, très belle dans sa tenue décontractée, son jean confortable moulant, ses mocassins et son pull mohair tout en douceur, maquillée juste ce qu'il fallait pour laisser apparaître sa personnalité naturelle, il tomba immédiatement sous le charme. Il laissa pour autant son élan de séduction au point mort. Il n'était pas question de mélanger les genres. Xavier était un atout énorme pour son agence et pour son avenir professionnel.

Pour loger ce couple intouchable à son arrivée à Annecy, Nicolas choisit une très belle résidence construite dans les années 50 par son père. Elle se situait en bordure de l'avenue d'Albigny. L'appartement était un dernier étage, la vue était large et dégagée, face au lac, avec, sur le côté, l'hôtel Impérial Palace et son parc sur sa presqu'île boisé et, dans le fond, le profil de la Tournette. On pouvait distinguer l'excroissance formée par le gros rocher carré posé à son sommet. Lors de la visite, Xavier la remarqua tout de suite et se dit que ce n'était pas un hasard. Il voyait dans ce bloc, appelé « le fauteuil », plutôt une sorte d'estrade, la place d'un tribun à l'occasion d'un discours. Il aimait à penser cela. Il n'hésita pas une seconde et accepta l'appartement. Xavier Bellaz s'installa avec Léa sur les toits d'Annecy, dès son arrivée, déjà au sommet de cette ville qu'il allait à nouveau faire sienne.

Il était prêt à partir pour son rendez-vous avec l'équipe municipale de Poisy. Il chercha sa femme dans l'appartement avec l'aide de Crétin. Il voulait, avant chaque rendez-vous important, se présenter devant elle pour s'assurer de sa tenue. Il avait une carrure bien spécifique qui avait toujours fait sa fierté. Plutôt petit, large d'épaules, ses hanches très imposantes lui assuraient toujours, malgré son âge, une stabilité hors du commun qu'il avait utilisée toute sa carrière pour s'imposer, ou au moins pour avoir le sentiment d'être invincible au moment de ses discours ou de la présentation de ses projets. Les traits de son visage étaient délicats, tout en finesse, soutenus par des yeux bleu clair malicieux. Il portait la moustache avec une élégance qui lui donnait cet air jovial qu'il aimait afficher en public. En privé, il se comportait avec beaucoup moins de délicatesse.

— Léa où es-tu ?

— *Léa, il te cherche ? ho ho ho ho*

— Léa tu m'entends ? je vais être en retard ! qu'est-ce que tu fabriques ?

— *Léa tu l'entends ? pas content !*

Pour Léa, ce perroquet avait fini par en faire trop, elle regrettait son cadeau. Les paroles de son mari emplissaient suffisamment l'espace, et pas toujours de manière agréable, pas besoin de les répéter.

— Je suis dans la salle de bains.

— J'ai mis le blazer avec la cravate rouge brique, qu'en penses-tu ?

— J'arrive !

Pour décontracter son look formel, elle voulait lui proposer de porter son col roulé noir et sa veste en daim, mais elle avait acquiescé à sa proposition : troquer sa chemise à carreaux de tous les jours pour son costume préféré : un blazer en draperie italienne sophistiquée et raffinée qu'il affectionnait tant, aux revers généreux, associé à un pantalon à pinces qu'il aimait porter avec des bretelles et une cravate colorée aux motifs rouge brique. Pour la chemise, compte tenu de sa sélection accessoires (bretelle & cravate) elle apprécia la sobriété ...

— Avec les circonstances, c'est bien que tu sois un peu sobre. D'ailleurs, es-tu sûr que ton rendez-vous est maintenu ce matin ? Tu ne crois pas que le maire à autre chose à faire avec le tremblement de terre ? Tu devrais appeler en mairie, montrer que tu t'inquiètes un peu des circonstances.

Xavier était égocentrique, obsédé par sa personne. Léa en était le témoin encore une fois ce matin. La question de sa tenue lui était essentielle. Le tremblement de terre, les conséquences sur les gens, l'empathie en général, il ne voyait pas. Elle avait parfois l'impression d'être sa deuxième paire d'yeux, son deuxième cerveau, pour tout ce qui lui était annexe. Elle se disait qu'elle était là pour lui éviter de penser aux malheurs du monde. La tristesse, la peur, la jalousie, il n'était que très peu concerné par les émotions négatives. Il était bavard, elle l'écoutait, acquiesçait, l'éclairait parfois quand c'était nécessaire, comme ce matin, pour la mairie. Grâce à elle, il avançait apparemment satisfait et elle s'en félicitait. Elle prenait là sa petite part de gloire, même si une partie d'elle-même regrettait que son amour pour elle était devenu le seul sujet où les mots, semblait-il, commençaient à lui manquer.

Xavier attrapa son nouveau téléphone portable, un Motorola Star Tac, premier Gsm à clapet. Il tenta à plusieurs reprises le contact avec la mairie. Pas de communication. Xavier était énervé, Crétin aussi, automatiquement.
— *CRETIN !*
— Tais-toi ! Ferme ton clapet !
— *Claac ! Ferme ton clapet ! Claac Clac! Ferme ton clapet !*
— C'est peut-être lié aux dégâts de cette nuit, ils sont débordés ? avança Léa
— Ils m'auraient prévenu.
— Ou les communications sont coupées ?
Le téléphone de Xavier se mit soudain à sonner.
— Allo,
— *Allooo,*
— Chut Crétin !
— Allo, oui, bonjour monsieur Bellaz ?
— *CRETIN.*
— Pardon ?

— Excusez, c'est mon perroquet, il est très énervé ce matin.

— Oui, j'entends ! Bonjour monsieur Bellaz, je suis le secrétaire de la mairie de Poisy, je dois vous prévenir que monsieur le Maire annule la séance de ce matin pour la présentation de votre projet, les circonstances l'imposent, il a trop de sollicitations, veuillez l'en excuser !

— Oui je comprends. Dites-lui qu'il a mon soutien !

— Oui Monsieur, merci. Nous vous tiendrons informé d'un futur rendez-vous.

— Entendu. Qu'il n'hésite pas à m'appeler si sa future nouvelle mairie lui manque déjà !

Xavier raccrocha, impatient. Le téléphone sonna à nouveau.

— Allo,

— *Alloooo,*

— Tu ne recommences pas !

— Allo, Xavier ? Salut, c'est Nicolas. Pas trop secoué cette nuit ?

— Non, je n'ai rien entendu, Léa m'a dit que je ronflais comme un bébé.

— Tu as de la chance, bon, je viens d'être appelé par Walter qui est sur le chantier des cent logements à Poisy. Ils sont en réunion de chantier ce matin, il y a un gros problème, il faut que tu t'y rendes.

— Mais je ne connais pas ce projet, c'est le tien. Et je n'ai pas que ça à faire, j'ai mon rendez-vous avec le maire de Poisy — Il se garda bien de dire qu'il avait été annulé —

— Oui mais je ne peux pas être sur trois chantiers en même temps. Va voir s'il te plait et appelle-moi si besoin. C'est un service que je te demande et puis c'est à Poisy justement !

Xavier, encore à moitié occupé par le fantôme de ce rendez-vous manqué avec le maire, n'eut pas d'autre choix que d'accepter.

Il n'aimait pas les réunions de chantier, trop factuelles. Les conducteurs de travaux étaient des hommes trop directs, sans concession et qui ne se laissaient jamais impressionner. Il prit sur lui d'y aller, c'était effectivement à Poisy, il ne fallait pas que le chantier prenne une mauvaise tournure, tout se savait dans le milieu des bâtisseurs, jusque dans le bureau du maire.

Il devait prendre une voiture pour se rendre au chantier. La sienne était restée à l'agence, à quelques rues de là. Avec l'urgence, après avoir relevé le courrier où il trouva une fois de plus une lettre de sa mère qu'il n'ouvrait plus depuis longtemps, il descendit au sous-sol de son immeuble et prit sa coccinelle cabriolet, des années 60, celles des virées « liberté », qui le rattachait encore, sans qu'il n'ose se l'avouer, à son père disparu. Il lui fallait calmer ses esprits, apaiser le déroulement de cette matinée, un peu tendue, malgré le très beau temps.

A l'arrivée sur le chantier, derrière ses lunettes de soleil, il avait une pleine vue sur le bâtiment en construction, autant qu'une parfaite ouïe de ce qui s'y passait. Le groupe d'hommes en réunion était rassemblé au premier étage dans un logement dont les fenêtres étaient en train d'être posées. Tout comme il voyait et entendait tout, les entrepreneurs le virent arriver aussi. Il sortit de la voiture et claqua la porte.

Le son si particulier de tôle qui s'en dégagea lui rappela que la coccinelle était décapotée, et qu'il avait donc l'allure d'un touriste en vacances. En plus, il ne s'était pas changé, se présentant déguisé sur son trente-et-un, pas le meilleur moyen d'être pris au sérieux par ces hommes qu'il allait affronter. Ici, sur chantier, on ne vous la fait pas, ce ne sont pas les mots ni l'allure qui comptent, on n'aime pas les promesses ! Seules comptent les actes, et il savait cela.

Il les rejoignit au premier. En grimpant l'escalier, il anticipa quelle pouvait être la raison de l'urgence. Le tremblement de terre, sans doute, la faute à personne donc. Une catastrophe naturelle, à voir avec les assurances.

Mais la raison de l'appel au secours de Walter, l'architecte de l'agence B@CO délégué au chantier, était tout autre !

Et l'inévitable scène de théâtre que représentaient, pour Xavier, ces réunions de chantier, l'envahit aussitôt :

LEVEE DE RIDEAU

(Xavier)

— Bon, messieurs, bonjour ! Xavier Bellaz, associé B@CO. Je remplace mon associé Nicolas Blanc, l'architecte du projet. Il n'est pas disponible ce matin. Que se passe-t-il, un problème avec le tremblement de terre ?

(Le menuisier, dévisageant Xavier de la tête au pied)

— Bonjour Monsieur l'arrrchitecte. Pas du tout le tremblement de terre. C'est mes châssis, je fais quoi de mes châssis ? Je ne peux pas les poser. Il y en a cent cinquante !

Le menuisier avait livré sur chantier son lot de châssis à installer et s'était aperçu que certains ne correspondaient pas aux baies dans les façades en brique. L'enjeu était de taille. Tous les châssis de chambre étaient concernés.

(Le maçon)

— Tu aurais dû vérifier les côtes avec un relevé sur place avant de lancer ta fabrication.

(Xavier)

— Evidemment, c'est ce que vous avez fait ?

(Le menuisier)

— Non, on m'a demandé de les fabriquer d'après les plans, le maçon avait trop de retard, je devais le combler. J'avais prévenu des risques mais on a insisté.

(Xavier)

— Qui ?

(Le menuisier)

— Votre collègue, Monsieur Walter.

(Walter, se tournant vers le gros œuvre)

— Avec l'accord du maçon qui garantissait ses côtes.

(Le maçon)

— Elles sont bonnes.

(Le menuisier)

— Non, sinon on ne serait pas là.

(Le maçon)

— Elles correspondent aux plans de l'architecte.

(Xavier, s'adressant au menuisier)

— Vous aviez les plans ?

(Walter)

— Oui bien sûr, on a vu ça ensemble.

(Le menuisier et le maçon)

— Regardons sur les plans !

(Xavier)

— Allez mesurer la côte de la baie qui pose problème dans ce logement.

(Walter)

— Le plan du logement indique 90x160.

(Le maçon après avoir mesuré)

— 90x160, c'est bien la taille de la baie réalisée.

(Le menuisier)

— C'est quoi ce bordel ? Le plan que j'ai ici indique 90x170, pour le même logement, regardez !

(Xavier)

— C'est quoi ce plan ?

(Le menuisier)

— Le plan du deuxième étage.

(Tous)

— Et l'autre ?

(Walter)

— Premier étage !

(Le menuisier à Walter)

— Mais vous m'aviez affirmé que tous les châssis de chambre de la résidence avaient la même taille.

(Walter)

— Je ne vous ai jamais dit cela.

(Le menuisier)

— Si ! J'en suis certain ! C'était même l'occasion d'aller vite pour la fabrication, c'était votre argument.

(Walter)

— Non, jamais, vous inventez !

Le menuisier, sûr de lui, devint rouge de colère. Walter n'en menait pas large, Xavier non plus, l'agence B&CO était mise en cause.

(Xavier)

— Tu confirmes bien, Walter ?

(Walter)

— Oui oui !

(Le menuisier)

— Menteur ! Tout cela est aussi la faute du maçon, avec son retard, il est hors de question que je porte le chapeau.

(Xavier)

— Il le faudra bien, il n'y a plus à discuter, lancez immédiatement une nouvelle fabrication, Ne risquez pas des pénalités de retard qui pourraient s'ajouter. Vous n'avez qu'à faire jouer votre assurance.

(Le menuisier)

— Jamais, il ne faut pas me prendre pour un con. Qu'est-ce qu'ils disent les plans d'architecte ? Hein, regardez deuxième étage, c'est quoi là ? Un 7 ou un 6 ? Je rêve pas.

(Walter)

— C'est la seule côte de châssis qui est erronée, toutes les autres sont bonnes sur nos plans.

(Le menuisier)

— Oui mais pas de chance c'est celle que j'ai regardée et comme elles étaient censées être toutes pareilles ! Hein ça vous en bouche un coin !

(Le maçon)

— Tu n'avais qu'à prendre en compte nos plans bétons, qui étaient bons, que monsieur Walter a vérifié et approuvé et qu'on a diffusé pour info. Tu aurais vu !

(Le menuisier)

— Ça va pas se passer comme ça, j'ai l'impression que tout le monde se fout de ma gueule ici !

Le menuisier attrapa le maçon à la chemise et le tira vers lui sèchement

(Le menuisier)

— Toi, tu la boucles ou je t'en colle une !

(Le maçon)

— Ah ouais, essaie un peu ! Tu crois que c'est ça qui va faire rentrer tes châssis dans les murs ?

(Xavier)

— Calmez-vous messieurs on se croirait dans une cour de récré ! Calmez-vous, on va trouver une solution.

(Le menuisier)

— La solution, elle va être vite trouvée. Je demande à ce qu'on appelle le maître d'ouvrage, et c'est lui qui tranchera, on va voir si vous n'avez pas aussi votre responsabilité ! Je ne vais pas me laisser faire !

Xavier n'aimait pas du tout cette suggestion. Le maître d'ouvrage était une société d'HLM dont le maire était président. Il se sentait totalement coincé. Il pensait à son projet de mairie. Il y avait eu le tremblement de terre, maintenant ce chantier, il ne manquait plus que le maire change d'avis. Il bouillait de toute part. Il lui fallait une échappatoire avant qu'il n'explose. Il se dirigea vers une fenêtre du séjour du logement, déjà posée. En actionnant la poignée, elle lui resta dans les mains. Il se tourna vers son salarié :

(Xavier)

— Qu'est-ce que c'est que cette poignée de fenêtre. Walter ? Ce n'est pas celle qu'on préconise d'habitude ! Tu ne l'as pas acceptée lors de la réunion de remise des échantillons ?

(Walter)

— Non, Monsieur Bai — le menuisier — n'y était pas, je viens de la découvrir aussi.

(Xavier)

— C'est inacceptable, elle est monstrueuse, avec ce plastique dépareillé. Elle devrait être exactement dans le même ton que la fenêtre. Vous me revoyez ça et contrôlez la fixation aussi. De quoi j'ai l'air avec cette poignée dans la main.

Et, d'un geste brusque, il lança la poignée par la fenêtre ouverte vers la benne à déchets placée juste au-dessous, laissant tout son auditoire ébahi.

(Xavier)

— Messieurs !

Il avait dit cela, l'air abattu, l'air de celui qui a perdu la partie ;

FIN DU SPECTACLE, BAISSE DE RIDEAU

Xavier s'extirpa de la pièce, reprit son souffle, puis rejoignit sa coccinelle et quitta le chantier. Il en avait trop entendu. Il était incapable de gérer ces situations où il se sentait emprisonné. Il ne se reconnaissait pas, effrayé par sa perte de contrôle. Il restait à Walter de régler le litige.

De retour chez lui, il sauta sur Léa pour lui raconter la réunion de chantier et sa brusque fuite, indigne de sa réputation. Il lui dit :
— Je ne sais pas ce que j'ai, je ne supporte plus la contradiction, je perds confiance en moi, je commence à me sentir dépassé, je ne me reconnais pas.

En retour Léa ne trouva rien de mieux que de lui suggérer à nouveau d'aller voir quelqu'un pour qu'il approfondisse tout cela, qu'il l'aide à comprendre justement. Ça venait peut-être de loin, de son enfance, d'une situation mal vécue,
— Ce n'est pas ta mère qui te tannait avec cela ? Elle avait peut-être raison, ta mère ! Et puis tu n'auras qu'à parler, le psy t'écoutera, parler de toi, tu sais faire !

Titillé par ce dernier argument, et encore sous le coup de la réunion de chantier, cette fois Xavier se décida et prit rendez-vous le jour même.

Le psychologue était une psychothérapeute, au rez-de-chaussée d'un petit immeuble sans allure rue Thomas Ruphy à Annecy. D'emblée, à l'interphone, il comprit à qui il avait à faire : une femme extravertie et empathique.

— Installez-vous dans la salle d'attente, je termine mon rendez-vous et je viens vous chercher. Faites comme chez vous !

La salle d'attente était équipée de deux chaises, une table basse sur laquelle étaient posés quelques petits carnets vierges pour prendre des notes, sans doute pour les patients qui n'arrivaient pas à contenir tout ce qu'ils avaient à dire avant le rendez-vous, se disait Xavier. Au mur, le tableau d'une femme enceinte. Incontournable, on ne voyait que lui. Fallait-il y voir un sens, en tirer une interprétation, ou était-il juste là pour être admiré comme dans un musée ? Pour cela encore eut-il fallu qu'il soit esthétique ce qui n'allait pas de soi. Xavier n'eut pas le temps de se faire un véritable avis que déjà il était invité à entrer dans le cabinet. La pièce était cette fois plus étoffée, habillée avec une très grande bibliothèque qui l'intimida, lui, le grand orateur, l'homme des mots, mais qui ne lisait plus depuis longtemps.

— Fauteuil rose ou fauteuil bleu ?

Xavier choisit le bleu, « quand même, quelle drôle de question ! »

— Bienvenue à vous Monsieur Bellaz. Vous permettez que je vous appelle par votre prénom ? Xavier c'est cela ?

— Euh oui, allez-y.

— Dites-moi, Xavier, qu'est-ce qui vous a conduit sur ce fauteuil ?

— Vous voulez parler de la couleur ? Parce que là vous me cherchez, direct !

— Non, désolé, pas de méprise ! je parlais de ce rendez-vous.

— Je préfère, madame ! Ecoutez, pour moi je dirai que tout va bien, je n'ai pas de problème particulier. Je trace ma route, brillamment et depuis le début, mes assises sont solides, mes fondations profondes. Le plus beau des métiers, je suis architecte, une très belle femme, une belle situation, un bon réseau et pourtant, par moment j'ai le sentiment que je risque de m'effondrer, subitement. Je ne comprends pas pourquoi.

— Pouvez-vous me parler de ces moments d'effondrement ?

— Ça n'est pas vraiment un effondrement en fait, plutôt un doute… abyssal vous voyez ? je doute de moi, de ma personnalité, et je commence à flotter, je perds mon assurance et c'est peu dire ! je vis tout ça très mal. Ce n'est plus moi.

— Et quand est-ce que cela vous arrive, dans quelles circonstances ?

Il allait parler du chantier mais en même temps, il prit conscience qu'au-dessus de la psychothérapeute, accroché au mur, il y avait un autre tableau de femme enceinte, de la même série que le premier. La question de son esthétique ne se posa pas une seconde. Ici ce tableau lui donnait le sentiment que cette femme portait en elle la tristesse plutôt qu'un quelconque bébé, ou pire qu'il s'annonçait mort-né, ou handicapé. Xavier ne résista pas ; à cette pensée, il replongea dans ses doutes.

— Eh bien vous voyez, à la vue d'un tableau, comme celui-là, qui pourrait représenter ma mère...

— Votre mère. Vous pouvez développer ?

— Ecoutez, là, je viens de prendre conscience que c'est à chaque fois que je pense à elle subrepticement que je me mets à douter de moi, comme si elle m'insufflait à petit feu son mal être quand je suis en difficulté.

— Parlez-moi de son mal être, quel est-il selon vous ?

— Je n'en sais rien... Mais je ne veux pas avoir à parler d'elle, madame, surtout pas ! Je ne veux pas rentrer dans ce sujet ! Je vous prie de m'excuser, je vais devoir partir, c'est elle qui devrait être assise ici, pas moi.

— Pourtant c'est vous qui êtes là Xavier.

Xavier paniqua.

— Oui, mais je n'ai rien à faire ici en fait, je préfère partir là, il faut que j'y aille.

Dans le tableau, ce n'était pas la beauté de sa mère qu'il avait vue — car elle était très belle — ce n'était pas esthétique. C'était brusquement tout le poids de la tristesse incompréhensible qu'elle portait depuis toujours. Xavier ne comprenait pas pourquoi sa mère était une femme déprimée alors qu'elle avait tout pour être heureuse et surtout qu'il avait tout fait pour elle, pour lui faire plaisir, pour qu'elle soit fière de lui. Même la perte accidentelle de son mari n'expliquait pas les choses. Elle était déjà triste et dépressive avant l'accident. Lui, il avait réussi, il avait conquis le monde avec le plus beau des métiers, il formait aujourd'hui un couple stable avec Léa — c'était sa vision à lui — alors pourquoi cette tristesse à chaque fois qu'ils se voyaient ? Pourquoi ces apparitions aux mauvais moments. Elle avait beau laisser penser que tout s'était passé pendant son enfance à lui, lui faire porter le chapeau en quelque sorte, à propos d'un drame dont il ne comprenait rien, qu'elle tenait secret sans explication, il prit conscience qu'il n'avait rien à faire là, que c'était la place de sa mère et de ses fantômes et que Léa l'avait encore bien embobiné.

    Il se leva, laissa un billet de cent francs et quitta la pièce.

Chapitre 13 — FRANÇOIS
La disparition

Chacun chez soi, chacun dans sa vie, les années passèrent. Au début des années 2000, la maison de Wasquehal fut vendue. La mère atteignait soixante-dix ans, le père les avait dépassés. Il venait de guérir d'un cancer, facilement, comme annoncé par les médecins. En fin de traitement, à l'hôpital, il attrapa une maladie nosocomiale. Un microbe inconnu et résistant qui le propulsa au service des maladies infectieuses, là où le dress-code obligatoire faisait peur aux visiteurs : combinaison stérile de la tête au pied avant d'entrer dans la chambre du malade ! Comme toujours, il avait fallu que le père fasse l'original, qu'on parlât de lui. Il alla même jusqu'à semer le doute chez le médecin qui le suivait. Un soir, celui-ci annonça à la famille la mort probable du père à très court terme. Il l'avait mis en soin intensif en le plongeant dans le coma. Il ne trouvait pas l'antidote à son infection qui empirait. Sa dernière chance se trouvait dans un cocktail hasardeux de plusieurs antibiotiques mélangés qui lui fut administré. Le père avait dû se dire, à ce moment-là, qu'il était temps d'arrêter de jouer, qu'il risquait de dépasser la limite fatidique. Il aura quand même fait croire aux siens, après coup, qu'il avait voulu aller voir là-haut, qu'il était monté au ciel pour leur parler de haut, pour son ultime discours. Mais personne ne l'écoutait, ni ne l'entendait, alors il était redescendu. Il ne supportait pas la solitude. Deux jours après, il avait retrouvé tous ses esprits, sa verve et son optimisme. La famille s'aperçut même, quelques temps plus tard, que celui-ci avait décuplé, que le père avait perdu les dernières inhibitions qui lui restaient de sa vie avant cette aventure. Il avait rajeuni de trente ans au moins ! La mère ne le reconnaissait pas. Elle avait fini par admettre qu'il avait changé en bien, en patience, en présence avec elle.

Paul y voyait plutôt l'œuvre de sa piété grandissante, prête à tout pardonner, surtout à un miraculé !

Ils firent l'acquisition d'un appartement avec terrasse à 180° au dernier étage d'une résidence neuve conçue par Paul. Une sorte de petit cocon sur mesure. Peut-être que la raison de leur déménagement se trouvait là, non que leur maison fût trop lourde à porter, plutôt l'envie d'habiter dans un immeuble construit par leur fils. En tout cas, ils l'exprimèrent ainsi. Ils démarrèrent le siècle plus en forme que jamais.

L'année 2005 mit un coup d'arrêt à cette période. Ce fut au tour de la mère de subir un cancer. La partie fut moins drôle, la lutte plus dure, la souffrance physique plus intense, le moral grignoté un peu plus tous les jours. Sans doute aussi l'envie de gagner moins présente, comme si un appel de l'au-delà avait joué sa petite musique en douceur. Elle mourut à l'hôpital en 2006, les laissant tous sous le choc.

Avant la cérémonie d'enterrement, la famille avait décidé d'organiser une soirée de veille en intimité. François était présent. Ils entouraient le corps défunt de leur mère allongé sur le lit de sa chambre. Le père, Claire, François et

Paul. Le père voulait rendre un dernier hommage à sa femme. Il proposa une prise de parole, l'un après l'autre, pour laisser chacun exprimer ce qu'il avait sur le cœur, pour accompagner la mère dans son « grand voyage », comme il disait. Il parla le premier, assez longuement. Claire pleurait, François regardait son père parler. Ses mots glissaient sur Paul aussitôt prononcés. Il ne les trouvait pas incarnés. Pourtant il s'agissait bien de cela, de corps, de matière. Le corps de leur mère était là, devant eux, il était encore présent, intègre, ils l'entouraient. Claire parla à son tour, François la regardait de même, puis elle se tut. François était à côté d'elle. Il ne laissa pas le silence s'installer. Il prit son tour, sa place, c'était peut-être pour lui une dernière chance. Il dit, très distinctement :

— M'man, je t'aime !

Et il se mit à pleurer, tout doucement, pudiquement, comme un adulte. Il avait, par ses mots qu'il n'avait jamais prononcés par ailleurs, redonné vie à sa mère, l'espace d'un instant au moins, peut-être pour l'éternité. Puis il regarda Paul, ainsi que Claire, puis le père. Paul ne voulut pas parler, il n'y avait plus rien à dire, tout avait été dit par François. Il alla faire un baiser sur le front de sa mère, si froid, si dur. On aurait dit un marbre. François le suivit et en fit de même. Paul se dit alors qu'en s'exprimant ainsi, par des mots forts, par un geste tendre, François venait peut-être de poser la première pierre du socle de sa nouvelle vie, là où lui, « le bavard » de leur enfance, n'avait pas trouvé les mots, figé par la disparition incompréhensible de sa mère.

Puis, après qu'ils eurent quitté la chambre, à nouveau dans le séjour, François fit une nouvelle crise d'épilepsie. Il se figea lui aussi à sa façon, en regardant les deux perruches enfermées dans leur cage, dont le chant se faisait à nouveau entendre après l'hommage à la mère. Il mit longtemps à se réveiller, à revenir sur terre. Une conversation intense avec sa maman sans doute. Il s'exprima aussitôt, comme à chaque fois :

— Ça chante quoi les oiseaux ?

Chapitre 14 - FRANÇOIS

Une belle retraite

Vue de loin, la Maison de Thônes apparaissait d'abord sous forme d'un carré de verdure arboré, accolé à un trait de bitume inscrit dans l'axe de la vallée. Le paysage était, à cet endroit, presque plat, coincé entre deux versants des montagnes de l'Aravis. La vue vers les sommets lointains était dégagée. François, qui vivait maintenant pour sa retraite en ce lieu pictural, attendait Paul, pour une visite.

A l'angle du carré, dans la diagonale, les visiteurs étaient invités à entrer. Paul se sentit légèrement impressionné, en passant sous le sceau de la famille Joly de Belleville incrusté au sommet du portique en fer forgé qui marquait l'accès à l'Ehpad.

Il s'avança en voiture au cœur du parc vers le parking, où il eut du mal à trouver une place. Même dans un lieu isolé en montagne, les voitures étaient encombrantes. C'était en même temps la preuve d'une vie foisonnante à la Maison de Thônes.

Après s'être garé, Paul balaya d'un regard curieux le parc parsemé de constructions discrètes et repéra assez facilement l'entrée principale, placée au milieu du bâtiment le plus ancien, début XXème, de belle facture architecturale, certainement construit à la belle époque par les Belleville. Pour s'y rendre, il dut traverser le parking, puis longer sur sa gauche un ensemble de petits bâtiments plus modernes, début XXIème, bien dessinés, bien intégrés. Sous les doubles versants de toitures alignés côte à côte, comme de petits chalets identiques et mitoyens, les baies, répétitives en façades, se déployaient largement sur toute la hauteur. De l'intérieur, la vue sur le parc devait être splendide. Face à cette accueillante façade de l'extension récente de l'Ehpad, Paul se dit qu'il devait faire bon vivre à la Maison de Thônes.

Il aperçut, au travers de l'une de ces baies, un homme un peu dégarni qui s'approchait de la fenêtre. C'était le premier signe de vie qui se présentait à lui. Son air curieux, alors qu'il se collait à la vitre, rejoignit la propre curiosité de Paul, ce qui le poussa à s'approcher du bâtiment. Et l'inattendu se produisit : l'homme lui fit un sourire franc, en même temps que Paul lui répondait par automatisme ou par contagion, avec un large signe de la main.

« C'est lui, c'est mon frère » pensa Paul « c'est François, il l'avait reconnu ! » Incroyable. Quel accueil ! Son rythme cardiaque s'accéléra. Quatre ans qu'il ne l'avait pas vu. Il fit quelques pas supplémentaires et il le vit ajouter à son sourire, devenu rire, un salut encore plus grand que le sien, d'une ampleur démesurée. Un geste d'un comique détonnant. Trop drôle, même ! ... Mais pas du style de son frère. François ne s'exprimait pas comme cela, ne s'était jamais « exprimé » à ce point, n'avait jamais bougé son corps à ce point, à moins d'un miracle chez les Belleville. En s'approchant de plus près, Paul ne reconnut pas son visage, ni la tenue de son corps, trop droite. Il s'était trompé, ce n'était pas François. Était-ce l'effet du masque Covid ? L'homme pensait voir son frère aussi, ou son cousin peut-être. Ou le signe qu'à la Maison de Thônes, la vie était apaisée, les résidents détendus et accueillants !

Paul reprit la direction de l'accueil où il trouva une jeune femme assise derrière un bureau surplombé d'une vitre plexiglas, masquée, et à coup sûr souriante. C'était le sceau des Belleville, le sourire, même avec les masques, imposés par la première vague du covid-19.

Puis arriva sa collègue, Pauline, masquée du même bleu au liseré blanc. C'est elle qui était au courant de la raison de la visite de Paul et qui devait le prendre en charge. Pauline proposa à Paul d'approcher sa voiture pour décharger les sacs et cartons du « collectionneur », surnom de son frère, qui devaient être mis en quarantaine Covid. Ces cartons contenaient la fin du déménagement de François. Car c'était le but aussi de la visite de Paul, ce jour, à la Maison de Thônes : apporter les dernières collections de son frère — petites voitures de métal et chevaux de plastique — qui était donc installé depuis cet été à la Maison de Thônes, après une vie de quarante ans dans un foyer logements de la banlieue parisienne, coincé entre bitume et béton. François avait eu soixante-deux ans l'année précédente, ce qui l'avait inclus, en plus de la catégorie des « handicapés », dans celle des « retraités ». Et sa retraite s'annonçait belle en ce lieu inspirant.

Pauline présenta ensuite à Paul le protocole Covid de la visite : prise de température, interrogatoire fouillé sur sa santé du moment et pour finir signature d'une décharge de responsabilité qui, de fait, s'imposait. Alors seulement, la rencontre avec François serait possible. « Quel cocktail d'accueil original ! » pensa Paul.

Cocktail servi, elle l'invita à ressortir du bâtiment pour se rendre dans un bungalow préfabriqué installé à proximité du lieu de la rencontre. De son côté, elle devait aller chercher François qui, paraît-il, l'attendait de pied ferme. Elle lui donna quelques précisions cependant :

— Je serai là pendant la discussion avec votre frère.

— Oui, parfait, pas de problème, répondit Paul, l'air concentré.

— Vous devez entrer par la deuxième porte du bungalow, pas la première.

Elle lui montra le bungalow tout gris, planté en bordure de parking, avec effectivement deux portes pleines grises et quelques fentes horizontales vitrées qui devaient laisser passer un peu de lumière. C'était un triste bungalow de chantier, à l'image de l'ennemi, la Covid, qui avait fait de la France et de la vie quotidienne de ses habitants un vrai bazar, un chantier inédit à reconstruire. Quel contraste avec la façade si transparente du pavillon moderne qui se tenait en face, celui dont Paul avait reconnu l'inspiration.

— Ah bon ? ah oui, ok, pas de problème, la deuxième après les petites fenêtres.

— Oui c'est ça, au fond.

Elle continua ensuite, le fixant avec ses yeux d'un air solennel.

— Une dernière information importante que vous devez savoir : Monsieur C vous parlera sûrement du chat !

Il faut savoir qu'à la Maison de Thônes, on appelle les résidents par leur nom. Un saut dans l'histoire sans doute, ou privilège de la retraite. Sous le sceau des Belleville, on souriait et on respectait aussi…

— Le chat ? Quel chat ? Avec François, il est plutôt question de cheval.

— Ben, depuis ce week-end, un chat s'est installé dans le studio de Monsieur C. Ils restent de longs moments ensemble, ça a l'air très important pour lui, il le caresse sans cesse.

Paul se dit alors au fond de lui : « parfait, voilà un sujet de discussion avec François », lui rendre visite l'inquiétait toujours. Comment entrer en relation avec ce grand taiseux ? Comment avoir un échange, quelle sera sa disponibilité, sa conscience à sa présence ? Pour Paul, la démarche restait compliquée.

Il accéda au bungalow en respectant la consigne, « la deuxième porte ! », celle avec des marches en bois. La première était équipée d'une rampe d'accès en métal, accompagnée d'un garde-corps pour l'accessibilité handicapés. Sous le sceau des Belleville, on souriait, on respectait et on accompagnait aussi...

L'intérieur du bungalow, étouffant de chaleur, avec les radiateurs grille-pains allumés à pleine puissance, se présentait sous la forme d'une grande table centrale coupant la pièce en deux, avec, du côté où était entré Paul, deux chaises en plastique (deux visiteurs maximum), et de l'autre, coté entrée avec rampe, une chaise, pour le résident. L'accompagnant, ici Pauline, allait rester debout. Deux panneaux décoratifs pleins et verticaux répartis de chaque côté de la table divisaient la pièce et empêchaient quiconque d'en faire le tour. Il y avait une bouteille de gel hydroalcoolique qui trônait sur la table de son côté, face à une autre bouteille posée de l'autre côté des panneaux, coté Belleville, seuls objets — avec une boîte de masques — présents dans la pièce. Il se frotta énergiquement les mains avec du gel, savait-on jamais, il était peut-être filmé, il devait montrer patte blanche, autrement dit mains saines. Sous le sceau des Belleville, on souriait, on respectait, on accompagnait et on protégeait aussi ...

Paul était fébrile, François devait arriver. Par l'une des basses fenêtres du bungalow, penchant la tête et se tordant le cou, il scruta l'entrée de la Maison de Thônes, sans savoir vraiment par où ils allaient arriver. Le temps passait, son cou commençait à lui faire mal. Il décida alors de s'asseoir, pour se mettre à niveau de ces meurtrières allongées. Et ce fut à ce moment-là qu'il les vit apparaître, venant de nulle part, d'un accès qu'il n'avait pas repéré, sans doute le pavillon des retraités « handicapés ».

Ils approchaient tous les deux comme soudés, se déplaçant sur l'allée en pente descendante, François souriant, sans masque, rassuré, dans son petit élan, par la présence de Pauline, placée juste derrière lui, qui le tenait et avançait exactement à son rythme. Elle était pleinement dans son rôle, il était totalement lui : courbé, désaxé, le tronc à l'est, la tête au sud et le cerveau à l'ouest, sûr de lui dans ses hésitations, le manteau ouvert, malgré le froid, bien habillé, le crâne pas si dégarni pour un retraité. La démarche était lente, mais volontaire, jusqu'à la rampe où ils finirent par disparaître de la vue de Paul.

Aussitôt après, très rapidement, la porte s'entrouvrit, le prenant par surprise : la rampe avait dû sécuriser François encore plus. Ou c'était l'impatience à retrouver ses petites voitures qui lui avait fait presser le pas.

— Entrez Monsieur C. ! lui dit Pauline avec égards.

François apparut enfin avec son grand sourire et un regard perçant plutôt inhabituel. Paul lui dit bonjour, en lui demandant tout de suite comment il allait ? Pas de réponse, sinon un geste inattendu, franc, du bras droit avec l'index pointé vers la bouteille de gel hydroalcoolique posée du côté de Paul. Sous le sceau des Belleville, on souriait, on respectait, on accompagnait, on protégeait et on responsabilisait aussi…

Paul se relava aussitôt les mains, son frère et Pauline aussi de leur côté. Puis elle mit un masque à François. Vint enfin le moment de s'asseoir.

— Elles so où ?

François avait pris la parole d'emblée, prenant Paul par surprise.

— Pardon ?

— Elles so où les voitures ? Et les chevaux ?

— Excuse-moi, avec ces masques, je ne t'avais pas bien compris.

Paul avait en réalité parfaitement compris que François réclamait le restant de sa collection. Il regarda Pauline furtivement. Elle réagit rapidement.

— On les a mis en quarantaine !

Pauline s'était jetée sur François avec la voix forte d'une infirmière qui s'adresse à un malade, forcément devenu sourd, puisqu'il n'a plus toutes ses facultés.

— Vous les aurez dans deux jours !

François eut l'air si peu convaincu que Paul s'empressa de prendre le relais de la discussion. Il changea de conversation.

— François, il paraît que tu as trouvé un chat et que tu ne le quittes plus, c'est super !

François retrouva son sourire attendri, relayé par ses yeux, et lui montra avec les deux mains la taille du chat.

— C'est un chaton alors.

— Ui.

— Et il est quelle couleur ?

— Gris.

— Un chat de gouttière quoi !

— Ça dépend, lui répondit François, prenant un air pensif que Paul ne lui connaissait pas.

Pauline expliqua alors comment ce petit chat gris était arrivé le week-end précédent dans la Maison de Thônes, en grattant et miaulant à la porte fenêtre du restaurant, captivant ainsi un grand nombre de résidents. Il avait donc été décidé, dans les valeurs des Belleville, de l'adopter, non sans l'avoir montré à un vétérinaire pour s'assurer qu'il ne risquait pas d'introduire en la Maison de Thônes un nouveau coronavirus encore inconnu à ce jour.

Le feu vert fut donné et le chaton eut l'autorisation de se promener dans l'Ehpad, recevant, de ce fait, une myriade de caresses venant de toute part. Et c'est pourtant de François que le chaton choisira de s'approcher sans crainte. Un lien fort se créa entre les deux.

François fit des gestes de droite à gauche avec sa main. Paul devait-il comprendre qu'il fallait encore qu'il se lave les mains ?

— Y rentre y sot, précisa-t-il, devant l'air interrogateur de Paul.

— Quoi ?

— Y rentre y sot.

Ça le faisait rire, mais Paul ne savait pas pourquoi. Pauline traduisit avec un ton enjoué :

— Le chaton rentre et sort sans arrêt dans le studio de Monsieur C, il est fou-fou, comme un chaton. Il dort aussi sur le lit, parfois, la journée. Juste en face du seul poster de chat de Monsieur C. Ça se comprend, c'est son portrait tout craché !

Pendant un instant, François regarda Paul intensément, droit dans les yeux. Puis il sourit à nouveau. Un premier silence s'invita dans la conversation. Il fallait rebondir, continuer dans la foulée, garder l'échange, prolonger ce si rare moment de paroles avec lui. Paul lança :

— Et puis, il y a des ânes ici aussi à la Maison de Thônes, il paraît !

— Y sont pas là.

— Cet été, François s'en est occupé, les a caressés, les a nourris aussi, mais en hiver ils sont mis à l'abri dans un centre équestre voisin, ajouta Pauline.

— To froid !

Paul en profita pour interroger François sur son quotidien, cette fois :

— Et tu as la télé dans ta chambre ?

— Ça dépend, reprit François, toujours avec cet air pensif.

Pauline précisa :

— Elle est dans la salle à manger qui sert de salon aussi.

— Et qu'est-ce que tu aimes bien regarder ? ajouta Paul, curieux.

— ….

— Monsieur C est très friand de l'émission « N'oubliez pas les paroles », de Nagui, comme beaucoup d'autres résidents. Ça met une bonne ambiance.

— Ça chante, ajouta François.

— Et tu aimes ?

— Ui.

— Et puis il a toujours sa petite radio allumée presque 24h sur 24, ajouta Pauline.

— Tu écoutes quoi ?

— La radio, y a des chanteurs !

— Ah c'est bien, je ne savais pas

Puis, Paul l'interrogea sur les repas :

— Et on mange bien ici ?
— Ça dépend.
— Y a de la raclette ou de la fondue, j'imagine en Savoie ?
— Ui. Ça coule, c'est bon !

Pauline précisa que Monsieur C avait de l'appétit, ce que Paul eut plaisir à entendre. C'était un des signes de ce qui semblait être une intégration réussie. Et de le voir réclamer avec force ses petites voitures et ses chevaux en était peut-être aussi un autre. François était impatient de terminer son installation dans son nouveau cocon.

Avec cette ambiance détendue, le temps de visite prévu par le protocole fut vite dépassé. Paul devait repartir. Il fit une promesse à François de revenir pour qu'il lui montre son nouveau studio — impossible d'accès en ces temps de Covid — qu'il lui fasse visiter son monde plus intime, sorte de revisite approfondie de ce qu'il avait laissé entrevoir ce jour-là, à Paul, de sa nouvelle vie. On y verrait certainement des étagères de petites voitures, des posters de chevaux, celui du chat aussi. Et sa petite radio pour écouter ses chansons. Paul y retrouverait son frère de toujours, celui qu'il connaissait à la fois si bien et si peu, mais sûrement plus bavard que d'habitude. Certaines personnes s'améliorent avec le temps. Ce devait être le cas de François.

Ils sortirent du bungalow, chacun par leur porte. Paul sourit en se retournant vers François, pour un dernier salut, mais ce dernier ne le vit pas. Il s'était agrippé au garde-corps de la rampe, pour rentrer doucement chez lui. Il était tout à lui. Son corps ne devait plus flancher, il avait un petit chat à aller caresser et une nouvelle façon d'être au monde à partager.

Chapitre 15 - FRANÇOIS

N'oubliez pas les paroles

Tous les résidents de la Maison de Thônes étaient rassemblés dans la salle commune, à dix-huit heures trente, pour le repas du soir qui commençait toujours par une soupe, certains très à l'écoute, d'autres distraits, d'autres, enfin, n'ayant toujours pas avalé la première cuillère, subjugués devant le jeu de Nagui « N'oubliez pas les paroles ». François était de ceux-là ce soir de l'été 2022. Pauline était à côté de lui et avait beau lui rappeler que sa soupe refroidissait, rien n'y faisait, il tournait la tête vers la droite, le cou tendu et le menton saillant vers la télévision suspendue au mur de la salle. Son visage, habituellement marqué d'un sourire franc à cette heure-là, avait une expression très concentrée. Il se passait quelque chose. Il était normalement capable de manger tout en regardant l'émission. Là, il ne bougeait plus.

La candidate en piste à la télé, Inès, avait atteint la phase « gains » de l'émission — jusqu'à 20 000€ possible — et devait choisir entre deux chansons anciennes pour en retrouver des extraits de paroles :

« La Dolce Vita » de CHRISTOPHE
« Le petit âne gris » d'Hugues AUFRAY

La cacophonie habituelle de la salle de restaurant à l'Ehpad, faite de bousculades intempestives, d'injonctions étranges, de voix improbables, d'onomatopées insolites, échos de la diversité des « personnages » présents dans la salle, s'effaça subitement pour laisser remonter une demande chorale à plusieurs tessitures, voix timides ou d'outre-tombe, voix fluettes ou éruptives, déglinguées ou perchées, toutes avec la même évidence, le même désir :

— Petit âne, Petit âne, Petit âne...

Parmi elles, celle de François, qui s'extirpa d'une nouvelle petite absence, comme s'il avait ressenti l'arrivée de cette chanson. Était-il en relation avec la candidate ? Lui avait-elle parlé et suggéré une concentration maximum ? Elle était souriante, agréable, jolie, dynamique sur scène. Elle avait tout pour plaire et annonça à Nagui :

— La chanson de Christophe, je la connais bien, mais je pense que je vais choisir celle d'Hugues Aufray, que je n'ai pas entendue depuis longtemps. Elle va faire plaisir à mon père qui me disait ne pas se souvenir d'avoir pleuré quand il était enfant, sauf le jour où il avait entendu cette chanson si triste.

La candidate prenait le risque de perdre 20 000 € qu'elle aurait pu gagner facilement en choisissant l'autre chanson, mais c'était devenu sa spécialité : prendre des risques ; et ça lui avait réussi, car elle avait atteint 99 000€ de gains en huit parties, un très beau score. Les musiciens se lancèrent, suivis d'Inès :

Ecoutez cette histoire.
...
Cette vie honorable,
Un soir, s'est terminée.
Dans le fond d'une étable,
Tout seul il s'est couché.
— — — —,
— — — — —.
— — —,
— — — — —.

La musique s'arrêta, Inès était concentrée, elle avait dix-sept mots à trouver. Elle demanda les initiales :

Pauvre *bête* **d**e *somme,*
Il **a** **f**aissé *les* **y**eux.
Abandonné **d**es **h**ommes,
Il **e**st **m**ort *sans* **a**dieux.

Les initiales de chaque mot ne correspondaient pas, il y avait une erreur sur le mot « baissé », elle risquait de tout perdre. La correction vint aussitôt depuis la salle de restaurant. Un sursaut de François :

— Fermé… fermé les yeux !

Inès ferma les yeux, attrapa la réponse quelque part, les rouvrit aussitôt et se corrigea :

— Fermé !

— Sûre ? Vous bloquez les paroles ?

— Oui, Nagui, je bloque les paroles !

Top jingle 20 000 €, applaudissements du public, réaction de Nagui :

— 119 000€ ! Inès, notre Maestro intrépide, vous battez tous les records : 119 000 € en neuf parties. Incroyable !

— Merci ! Merci !

— Alors qu'est-ce que ça vous fait ? 119 000€ !

— Il faut que je remercie mon père, ses pleurs n'auront pas été vains, j'ai été accompagnée, je l'ai senti.

A l'autre bout de la salle de restaurant, une collègue de Pauline lui lança :

— Ça donne envie de s'y mettre à ce jeu ! Incroyable ! Gagner des sommes pareilles en si peu de temps !

— Ouais, c'est dingue, elle doit être sur un nuage ! Et vous Monsieur C, vous l'avez aidée un peu aussi, on va vous inscrire à l'émission !

La plaisanterie les fit rire toutes les deux.

— A l'émission, ui !

François, toujours assis à sa place, la soupe froide devant lui, avait répondu, souriant mais avec sérieux, en fixant Pauline avec les yeux grands ouverts.

— On dirait que vous aimeriez bien passer à la télé Monsieur C, ça se voit, je ne rêve pas !

— Ui, j'aime des chansons.

— Et ouais, mais c'est pas donné à tout le monde, y doit y avoir beaucoup de travail.

— Ils ont une mémoire de dingue ces gens-là, reprit sa collègue.

— Et puis faut être sélectionné.

— Pistonné tu veux dire.

— Je veux chanter ! exprima d'une voix presque limpide François.

— Vous en connaissez d'autres des chansons ?

— Ui

— Ah ouais et lesquelles ?

— Cheval blanc.

— C'est quoi, c'est qui ?

S'en suivit de nouveau un grand sourire de François qui prit tout l'espace de son visage, tant celui-ci était maigre, un sourire absolu, sans réponse pour autant, l'air de dire : « là, tu m'en demandes trop ! »

Pauline sortit son portable pour faire une recherche Spotify sur le titre « cheval blanc », tandis que sa collègue alla ramasser l'assiette d'un résident qui avait explosé au sol par accident, avec un reste de soupe projeté sur le bas de la robe de chambre de sa voisine de table. Elle aurait préféré le verre d'eau, comme la veille, ça aurait été plus facile à nettoyer.

Pauline était sortie de la routine du repas du soir, à jouer avec François, alors que sa collègue s'y était replongé, naturellement. Une routine qui demandait un oubli temporaire de soi, de sa normalité, qui demandait à s'adapter, à se laisser aller à la différence, une routine extra-ordinaire, dans le sens qui sortait de l'ordinaire, comme les patients de ces établissements.

Pauline tapa « chanson cheval blanc » :

— Ah ouais, pas mal, c'est le chanteur préféré de ma mère, Brassens. Mais je la connais pas.

Pauline lança la chanson sur son portable. Aussitôt François lui dit :

— Le cheval, il est mort !

Puis il chanta les paroles tout doucement, un mot sur deux, pas toujours audible, mais il semblait la connaitre.

Le petit cheval dans le mauvais temps
Qu'il avait donc du courage
C'était un petit cheval blanc
Tous derrière, tous derrière
C'était un petit cheval blanc
Tous derrière et lui devant
…..

Mais un jour, dans le mauvais temps
Un jour qu'il était si sage
Il est mort par un éclair blanc
Tous derrière, tous derrière
Il est mort par un éclair blanc
Tous derrière et lui devant
….

— Elle n'est pas gaie votre histoire Monsieur C.
— Ui, il est mort.
— Et vous en connaissez d'autres ?
— Ça dépend.
— Et avec les paroles aussi ?
— Ui, descend montagne à cheval.

Pauline fit une recherche : Hugues Aufray encore :

TA TAGADA TAGADA TATagne à cheval… TA TAGADA TAGADA TATagne à cheval…TA TAGADA TAGADA TATA….TA TAGADA TAGADA TATA… TA TAGATA TAGADA TATagne à cheval.

— Celle-là, je la connais !
Et il y a d'autres chansons, Monsieur C ?
— Ça dépend.

— Quoi par exemple ?
— Manivelle.
Petite recherche : Souchon !
— Une autre ?
— Memphis.
Petite recherche
— Sur la route de Memphis ?
— Ui.
Eddy Mitchell !
— L'oiseau l'enfant.
Marie Myriam !

Pauline continua, embarquée. La liste semblait sans limite. Et elles avaient toutes les mêmes caractéristiques : chansons anciennes, jusqu'aux années 70-80, celles de son enfance et le plus souvent qui évoquaient ses passions.

Pauline, totalement ébahie cette fois, se tourna vers sa collègue qui avait entendu elle aussi l'impressionnant don de François. Elles hallucinaient. Lui qui ne prononçait jamais un mot ou presque, qui exprimait ses besoins avec le minimum de syllabes, qui était obligé de répéter trois fois sa volonté avant que l'une d'elles ne le comprenne, lui qui ne souriait qu'en présence d'un membre de sa famille, ou lorsqu'on l'interrogeait sur ses passions uniquement, les petites autos, les chevaux, et encore, en aparté, jamais avec la présence, même à distance, d'un autre résident, lui qui semblait s'être endormi dans son petit monde limité, ce soir-là, l'émission de Nagui, où Inès la maestro, l'avait étrangement fait renaître. Une espèce de miracle arrivé par les ondes. Cet évènement allait faire l'objet de la réunion de synthèse du lendemain matin avec la directrice de l'établissement.

Contre toute attente, la directrice s'emballa aussitôt. Là aussi, c'était exceptionnel. Merci Monsieur C ! Ce qui aurait pu passer pour une blague potiche, un canular malvenu, à force de persuasion de Pauline, lui parut crédible. Jusqu'au point où l'idée de faire participer François au jeu du Nagui la piqua au vif. Sans oser l'avouer à son équipe, elle faisait en réalité partie des très nombreux fans de cette émission.

L'après-midi même, directrice, éducatrices et psychologue se présentèrent à la porte du studio de François qui les accueillit avec son grand sourire normalement réservé à sa famille. Son chat, allongé sur une étagère entre deux miniatures, une 2CV et une coccinelle cabriolet, s'enfuit aussitôt par la fenêtre restée ouverte.

— Bonjour Monsieur C, Pauline m'a raconté votre exploit d'hier. Elle a découvert que vous aimiez chanter et que vous connaissiez certaines paroles d'anciennes chansons françaises. Bravo, c'est une énorme surprise ! Souhaitez-vous que nous en parlions ensemble un peu plus ?

— …..

— Vous hésitez ? Vous voulez qu'on vous laisse tranquille ?

— Ça dépend.

— Ah !... Est-ce vrai que vous aimez chanter ?

— Ui.

— Si je vous donne un titre, par exemple : « Fais comme l'oiseau » de Michel Fugain ?

— Ui, usique… demanda François.

Pauline sortit son portable et lança la chanson, qu'il reprit timidement et sans faute :

> *Fais comme l'oiseau*
> *Ça vit d'air pur et d'eau fraîche, un oiseau*
> *D'un peu de chasse et de pêche, un oiseau*
> *Mais jamais rien ne l'empêche, l'oiseau*
> *D'aller plus haut*

— Mais où avez-vous appris les paroles de cette chanson ?

Sourire de François.

— Vous en connaissez beaucoup par cœur ?

— Ça dépend.

Pauline avança :

— Monsieur C aime bien jouer à ni oui ni non !

Fou rire de François !

— Aimeriez-vous participer à un jeu à la télé ?

— Ui, télé !

— A « N'oubliez pas les paroles » ?

— Ui, Nagui, les Zikos, Inès, je connais.

— Alors il faut que l'on se renseigne pour le casting.

— ….

— Il y a pas mal de personnes qui aimeraient comme vous participer à ce jeu où l'on gagne beaucoup d'argent.

— Moa je veux chanter.

— Oui, c'est pas pour gagner de l'argent Monsieur C, c'est pour chanter, vous avez raison. On va vous organiser ça. Vous avez une belle voix Monsieur C, il ne tient qu'à vous de la faire entendre enfin. On va vous y aider !

— Ui

Le rendez-vous fut pris le jour même par téléphone auprès de la production du jeu pour présenter François et voir si cela pouvait prendre sens, si la production était capable d'adapter le jeu pour l'accueillir et pourquoi pas avec lui d'autres handicapés à la mémoire extraordinaire. Le jeu avait bien été décliné spécifiquement pour les enfants à la période de Noel. L'interlocuteur était ouvert à toutes les candidatures, même atypiques. Il suffisait de venir à un casting pour voir le contexte et en discuter avec la production puis à Nagui, le grand ordonnateur du jeu. La directrice jubilait, même si rien n'était encore fait, le principal était que François pouvait se présenter avec elle.

L'accueil se fit dans un hôtel d'Annecy, le jour d'un casting normal, dans le chahut d'une centaine de candidats, tous motivés à bloc, fredonnant ou chantant à tue-tête dans le hall de l'hôtel, avant les tests qui les attendaient. Ils avaient leur chance, ce n'était pas le classement qui allait jouer mais leur capacité à donner le meilleur d'eux même, à convaincre du niveau de leur connaissance en parole et à se surpasser pour emporter l'adhésion des téléspectateurs. Tous pouvaient être retenus autant qu'aucun. Il y avait des castings comme celui-là partout en France.

Dans le hall, François observait l'animation, le regard porté vers le haut, la tête légèrement penchée vers la droite, il écoutait toutes ces paroles qui virevoltaient sous la grande verrière de l'hôtel, formant un nuage sonore qu'il tenta de capter avec ses sens pour s'enrichir d'encore plus de mots, d'encore plus de vie. Il reconnaissait certaines phrases, les connectant aussitôt à la chanson qui correspondait. Il essayait de distinguer parmi les voix, celle qui l'avait éveillé, la voix d'Inès, la maestro en place. Il ne comprenait pas la notion de casting, il pensait être à la télé, déjà.

La directrice alla inscrire François, tout en précisant à son interlocutrice qu'il ne venait pas encore vraiment pour le casting, que c'était une demande un peu particulière. Elle précisa le nom de son candidat :

— François C.

— Tiens, c'est le même nom que la maestro, Inès C ! C'est peut-être un signe. N'oubliez pas de le préciser à mon collègue...

— Et elle est de quelle région la maestro ?

— Du Nord je crois, Lille.

La directrice n'en revenait pas. Et s'il y avait un rapport entre ce réveil soudain de François et la maestro. Pauline lui avait bien dit que c'était en entendant Inès C sur le thème du poney que François s'était mis à chanter. Sa famille était de Lille ! Elle demanda à François.

— Vous connaissez la maestro ?

— Ça dépend.

— Vous l'avez déjà vue en vrai ?

— Ui.

— C'est qui ?

— ....

— Vous ne savez pas ?

— ....

Sans réponse de François, la directrice n'avait plus le choix que de téléphoner à la famille pour les informer de son action même si rien n'était encore fait. Elle avait le numéro de Paul, qui était maintenant le tuteur de François. Le père, trop âgé pour cette responsabilité, enfin avait-il dit à ses enfants, ne lui avait pas vraiment laissé le choix. La dernière fois que Paul était venu à Thônes remontait à plus d'un an. La directrice lui raconta toute sa démarche enclenchée après la fameuse soirée devant l'émission de

Nagui. Paul l'écoutait sans rien dire jusqu'à cette interrogation qu'elle lui lança :

— Et devinez ce que j'ai appris au casting ?

— Que la maestro s'appelait C !

— Mais oui, comment savez-vous ?

— C'est ma nièce, une fille de Claire ! Je suis au courant depuis peu car, dans ce jeu, tout doit rester secret jusqu'au passage télé du programme. Les émissions sont enregistrées à l'avance. Moi-même, je ne sais même pas combien va en faire ma nièce, ni combien elle va gagner. Elle va aller loin, m'a-t-on dit ! Ce que vous me racontez là concernant François est inouï. J'ai même un peu de mal vous croire… Si c'est vrai, ma sœur va être stupéfaite.

— Oui, c'est incroyable, votre frère a eu un déclic salvateur, comme l'inverse d'un trauma, une renaissance. On en reparlera Monsieur C, je suis attendue là avec votre frère pour une rencontre avec la production, pour la possibilité d'une participation lui aussi. François l'a exprimé clairement : il veut participer. Mon objectif est de voir avec eux si c'est une possibilité dans son cas. Ce serait si beau.

— Je vous laisse faire, j'appellerai François après votre rendez-vous.

— Oui, veuillez m'excuser ! On nous attend, je vous rappellerai.

Le rendez-vous se passa avec le responsable du casting au niveau régional mais il fit sa réponse au nom de Nagui. La demande avait été écoutée avec intérêt par le chef qui se réservait la réponse. Pour lui, il fallait envisager la faisabilité du point de vue de la spécificité de François avec l'impératif de l'inclure dans le jeu tel qu'il existait, avec les quelques adaptations qui s'imposeraient, sans faire une émission spécifique, comme pour les enfants. La directrice apprécia particulièrement cette vision de Nagui, cette idée d'intégration, de normalité. D'autres questions se posaient : adapter les règles à un candidat spécifique ne risquait-il pas de créer des jalousies ? Quelle audience pour un tel défi ? Y aurait-il d'autres candidats handicapés comme lui, n'était-il pas un cas ? Pour la directrice, l'important était de rendre la chose possible, et pourquoi pas d'ouvrir la voie à d'autres candidats, d'autres challenges pour le handicap. Elle pensait à l'expérience du même type qu'avait vécu Samuel, autiste, une histoire extraordinaire raconté dans un livre écrit par son frère : *« Mon frère est un extraterrestre »* de Florent Benard, bel exemple des capacités d'un autiste à la prise de parole en public, même devant un parterre de célébrités, et même aussi devant le président de la république !

La première étape était l'évaluation de François, comme pour les autres candidats. Cela se passa quelques semaines plus tard, dans un hôtel à Lyon, lors d'une nouvelle séance de casting publique. Seul le répertoire sur lequel était interrogé François avait été, d'un commun accord avec la production, ciblé sur les années 60-70-80. Et la première étape de casting, celle qui se déroulait par écrit, lui avait été acquise d'office.

Ensuite, comme pour les autres candidats retenus de la première étape, il se retrouva dans une grande salle où chacun chantait la chanson de son choix, accompagné de ceux qui voulaient, ceux qui la connaissaient. Un extraordinaire moment de partage. François, seul au départ, à peine audible, prit le pas de la musique sur la chanson de Michel Fugain « Fais comme l'oiseau », puis fut encouragé par certains qui chantonnaient l'air avec lui. D'autres hallucinaient encore devant les capacités de cet homme vieillissant, courbé, le crâne dégarni, les dents défraichies, à chanter en public aussi facilement.

Sa voix détonnait, anormale et riche, pleine d'aspérités, d'onomatopées, comme s'il avait pris exemple sur la voix de Paolo Conté.

Comme pour les autres candidats retenus de la deuxième étape, il fallait ensuite, chacun son tour dans un studio en solo, faire face à une caméra et échanger avec un casteur animateur, se présenter, chanter sur des chansons imposées, et cerise sur le gâteau de l'audience, pour montrer sa rage de vaincre, faire son cri de guerre. Sur ce dernier point, François préféra se taire, ne pas écraser la concurrence, se sachant imbattable sur l'expression de sa rage, maintenant aux oubliettes de son passé caverneux.

Nagui apporta sa réponse. Son envie d'engagement auprès de cette grande cause nationale du handicap dépassait l'énorme prise de risque qu'elle suscitait. Il accepta, sous réserve d'une rencontre en visioconférence avec chaque candidat sélectionné au casting et son tuteur éventuel.

La rencontre avec François se fit à la Maison de Thônes, lors des vacances de Noel 2022. Son studio, principalement musical depuis peu, offrait une vue dégagée sur un pré qui accueillait des ânes, bien vivant en été, mais mis au chaud en cette saison. La neige envahissait le paysage et donnait en concert le silence, flocon par flocon, impuissants à étouffer la frénésie à venir de François, celle de montrer à Nagui, mot par mot, note par note, tout son bonheur à chanter et à être écouté. Après les politesses, les présentations, notamment avec Pauline et la directrice de l'Ephad qui étaient présentes, et avec le chat qui était cette fois passé inopinément devant la caméra, François, impatient, réclama le lancement de la musique prévue et fit l'interprétation de deux extraits de chansons : celle de Brassens " Le petit cheval blanc " et celle de Jacques Brel « Jojo ». Nagui, impressionné, le félicita et lui demanda laquelle des deux chansons il préférait, ou celle qu'il connaissait le mieux :

— Ça dépend.
— Oui et de quoi ?
— …
— Vous voulez dire que vous aimez les deux, vous les connaissez toutes les deux par cœur.
— Les deux !
— Je comprends bien, mais lors de l'enregistrement du jeu, à la télé, il faudra choisir. Vous ne pourrez pas chanter deux chansons en même temps, on est d'accord ?
— ….
— Ne vous laissez pas impressionner, François ! Exprimez-vous ! Vous connaissez combien de chansons par cœur à peu près ?
— Ça dépend.
— Vous êtes aussi un petit cachotier apparemment ! Ou alors vous aimez jouer à ni oui ni non !

Pauline acquiesça avec un grand sourire.

— Oui, c'est sa spécialité !
— Bon, eh bien François, je suis ravi de vous annoncer que vous allez intégrer l'émission, et que vous allez affronter de très sérieux candidats comme vous. Ça vous plait ?
— Ui
— Ha Ha ! je vous ai eu !

Tout le monde rit à cet instant sauf François.

— Je vais chanter à la télé ! J'aime chanter !

— Parfait François, continuez à vous préparer, à réviser les paroles, à apprendre de nouvelles chansons anciennes. Même avec les années 60-80, le répertoire est vaste. Votre participation sera prévue courant mai, à mettre au point avec mes équipes. Ça vous laisse cinq mois encore pour vous entrainer ! Et félicitations d'avance, vous m'avez déjà épaté !

*

Le tournage de l'émission se fit à Paris le 9 juin 2023. Ce jour-là, au studio 107 à la Plaine Saint Denis. La famille arriva en force pour accompagner François, Paul, Inès la Maestro et avec en plus Pauline, qui avait eu l'accord de la directrice pour venir soutenir son poulain ! Pauline apprécia particulièrement ce geste, venant d'une grande fan de l'émission. Elle avait avant tout pensé à François, qui avait trouvé en Pauline une véritable âme sœur.

A sept heures du matin, le studio était ouvert pour accueillir équipe technique, casteurs et candidats. Cinq candidats nouveaux et François. Le septième était le maestro de la veille qui pouvait arriver un peu plus tard, le tournage n'ayant plus de secret pour lui.

Toutes ces personnes qui ne se connaissaient pas, venant d'horizons très différents, de tout âge, avec un seul point commun : le goût pour la chanson française et l'entêtement à en apprendre les paroles par cœur. Un groupe qui, au début, malgré la compétition qui s'annonçait, faisait corps avec ferveur au milieu des casteurs qui les envoutaient de leur parole, chaque candidat buvant les infos qu'ils distillaient, les pièges à éviter, les trucs pour performer, le niveau des affrontements de la veille et surtout celui du maestro dont ils attendaient l'arrivée imminente, ainsi que celle des musiciens, les Zikos, et du graal : Nagui !

Ensuite, l'un des casteurs prit le temps de présenter François et la règle particulière qui lui serait appliquée, à savoir un répertoire restreint aux années 60-80. Paul observa alors les différents candidats, tous retombés sur terre après la grand-messe. Il y avait chez eux une grande concentration et une montée du stress qui ne fut pas perturbée par l'annonce de cette faveur. C'était bon signe, un signe de tolérance, qu'il espérait voir aussi dans les commentaires sur les réseaux sociaux dont il connaissait le pouvoir déstabilisant et même destructeur pour certains candidats.

À huit heures, les musiciens arrivèrent puis à huit heures trente, quand tous les candidats étaient briefés, habillés, coiffés et maquillés, ce fut le tour de Nagui en personne pour démarrer le show ! Après un échange rapide avec chaque candidat, avec une attention toute particulière pour François, il prit un temps pour discuter avec son équipe de l'ordre de passage, et le plaça en seconde position pour lui laisser un aperçu du déroulement d'une partie sans lui infliger le stress de l'attente, ingérable pour certains candidats, même les plus aguerris. Une partie durait entre une demi-heure et trois quarts d'heure environ. La première démarra à neuf heures entre le Maestro et le premier candidat du jour qui fit son entrée sur scène avec une chanson de Renaud, dans une atmosphère vocale et musicale qui aurait pu se confondre avec une brume matinale. Il demanda à la rejouer, car il n'avait pas reçu l'adhésion des musiciens à ses paroles et à sa montée sur scène. Nagui refusa, prétextant qu'on en avait suffisamment entendu !

  La première partie de l'émission, la partie en duel, fut remportée par le maestro facilement, car son adversaire avait toujours un temps de retard et ne se rappelait les mots à trouver que lorsque Nagui les avait dévoilés ! « Mais oui, je savais ! » répétait-il à chaque fois. « Mais bien sûr » lui répondait Nagui « c'est impressionnant tous ce que vous savez sans le savoir, heureusement que je suis là pour vous le rappeler ! » Il remercia le candidat et le félicita quand même pour sa tenue vestimentaire extravagante qui lui avait donné sa petite heure de gloire à la télé.

  Dans les coulisses, l'ambiance était tendue. On voyait des genoux flageoler, des ongles rongés, des croissants gobés, des signes de croix esquissés, des fiches stabilotées lues et relues. Le maestro avait fait fort impression sur toutes les chansons. François avait l'air serein, il était prêt. Pour l'occasion, il avait été habillé par Pauline avec une grande sobriété : jean, chemise unie et col en V sur un pull rose, couleur des hommes, avait-elle dit — elle avait appris qu'à la Renaissance, le rose, dérivé du rouge, était une couleur virile, alors que le bleu, plus doux, avait une connotation féminine — Sa réflexion troubla Paul, qui s'habillait essentiellement en bleu ! Paul pensa surtout que voir son frère si beau, si propre, si fier de lui et de sa tenue, devait galvaniser leur mère, recevant là-haut la plus belle récompense à son antique lutte éperdue et héroïque. Pauline, elle aussi, y croyait à François : il allait tous les battre !

  Après l'enregistrement de la deuxième partie du jeu, où le maestro remporta cinq mille euros de plus, François fut appelé pour accéder à la scène et rejoindre Nagui. Inès y croyait, et l'encouragea en l'accompagnant jusqu'à l'entrée en scène avec toute sa conviction. Pauline se tenait la tête dans les mains, concentrée pour lui. Paul, de son coté, était déjà scotché aux écrans de retransmission. Son frère allait faire ce qu'il aurait lui-même été incapable de réaliser : monter sur une scène, se présenter en chair et en os à une vedette, à des musiciens, à des danseurs et surtout à un public. Avec des millions d'yeux braqués sur lui, François allait devoir garder son calme, son sang-froid, sa mémoire, construire ses phrases, attraper les mots, les bons, exactement, pour remplir les cases et battre le maestro. Il avait choisi sa chanson d'entrée, celle de Michel Fugain « Fais comme l'oiseau ». Il la chanta en avançant doucement vers la scène, à son rythme, libérant sa voix rocailleuse et brouillon sur les paroles joyeuses et légères de la chanson. Un contraste détonant, qui les sidéra tous, Pauline, Inès, Paul, les musiciens, et même les candidats, libérés pour un instant de leurs tics et de leur stress, tous, sauf Nagui qui l'accueillit avec un grand sourire, tant la prestation lui avait paru télévisuelle. Le maestro, de son côté, concentré sur son match à venir, était partagé sur son adversaire. A première vue, il n'avait pas l'allure ni la voix d'un champion mais il avait la particularité d'avoir pu choisir son époque : les années 60-80. Et ça tombait mal, c'était son point faible, ce qu'il ne manquerait pas de souligner lorsqu'il aurait perdu la partie.

    Le maestro était un jeune homme de 28 ans, grand, costaud, cheveux longs maintenus par une queue, habillé très classique, comme François mais avec un pull violet. Le tableau de scène affichait deux candidats au même look que seule la prestance des corps différenciait. Du petit homme penché, tassé, fragile, parcouru de petits soubresauts d'instabilité, avec son visage maigre, strié, terni par le temps, rayonnant d'un large sourire transversal et figé, laissant apparaitre la moitié d'une dentition dont l'autre n'existait plus depuis longtemps, à la droiture de l'homme au visage rond et rougi, stable, sûr de lui, gonflé par l'envie de gagner et ayant laissé dans sa loge son sourire qu'il ne sortait que pour la deuxième partie de l'émission, celle avec les gains, en euros.

Nagui présenta François au public, engagea un échange avec lui, parla de ses passions longuement. Il prit le temps nécessaire pour accueillir ses paroles, lui faisant répéter à chaque fois devant le micro qu'il oubliait à tout instant, trop occupé à trouver au fond de son cerveau les quelques mots de réponse qui voulaient bien venir à lui.

Après un premier jeu sans aucune faute des candidats, avec un léger avantage aux points pour le maestro, le match bascula à l'avantage potentiel de François, profitant de l'échec du maestro qui passa en premier au moment de « la même chanson » dont il ne trouva aucune parole. Pile la faille dans son répertoire pourtant gigantesque.

Si François trouvait dix mots, il pouvait rattraper son retard du premier jeu, le battre et devenir le maestro ! Paul n'y croyait pas, non seulement il participait mais il avait une possibilité de gagner la place tant convoitée des candidats, celle qui donnait accès aux « gains ». La chanson était à sa portée : « Mon frère » de Maxime Le Forestier :

> « *Toi le frère que je n'ai jamais eu*
> *Sais-tu si tu avais vécu*
> *Ce que nous aurions fait ensemble...* »

Il se lança directement, sans attention pour les premières paroles qui étaient écrites sur un grand écran pour aider normalement le candidat au démarrage — il ne savait pas lire — Il était inspiré, concentré, on le voyait même fixer l'écran devant lui dans lequel il devait se voir, ne pas se reconnaitre peut être, tant il réussissait à envoyer les bon mots au bon moment, tant il les voyait se créer tout au fond de lui et parcourir le chemin de sa gorge à sa bouche, de ses lèvres vers l'extérieur, amplifiés par des cordes vocales rutilantes de jeunesse. Il faut imaginer soixante-cinq ans de silence qui explosent là, sous une forme maitrisée, la force qui s'en dégage, l'incroyable basculement d'une vie d'outre-tombe vers la lumière, l'éclosion d'une passion enfouie depuis l'enfance dont les filins inondaient l'espace comme les branches d'un jeune hêtre qui repousse au printemps, captent le monde par la vibration de ses nouvelles feuilles, enlacent les humains insensibles et secouent leur conscience pour réveiller leur humanité. François s'était dépassé, et avait dépassé le maestro par la même occasion.

Après cet exploit aussi inattendu qu'émouvant, après une salve d'applaudissements provenant de tout le studio, y compris des coulisses, Nagui invita François à se placer pour concourir à la partie « gain ». Il avait encore les mains sur ses oreilles, envahi par un flot d'émotion qu'il cherchait à contenir. Nagui prit le temps qu'il fallait pour le laisser atterrir. Puis il dut choisir entre deux chansons : « Pow woW - Le chat » et « Eddy Mitchell et les Chaussettes noires "Tu parles trop" ».

— Alors laquelle vous choisissez François ?
— Ça dépend.

— Oui mais là, vous allez devoir en choisir une. Normalement on ne peut pas jouer les deux en même temps. Vous êtes d'accord ?
— Ui.
— Ou alors on peut quand même demander au musicien d'essayer, pour voir, en créant deux groupes, chacun une chanson ?

Les musiciens le fixèrent tous avec un air ébahi.
— Non ? … c'est pas une bonne idée ?… Ok ! Ok ! Je n'ai rien dit !

Puis Nagui se retourna vers François.

— Ou alors je peux choisir pour vous ? Je ne l'ai jamais fait mais tout est possible ce soir, vous êtes d'accord ?
— Ui.
— Vraiment ? Attention, il s'agit de trouver les paroles, vingt mille euros sont en jeu. Vous êtes sûr qu'il n'y en a pas une que vous connaissez mieux que l'autre ?
— Ça dépend.

François était incapable de choisir, comme un enfant dans une boutique Haribo ou un gros lecteur dans la plus grande librairie du monde, empêché par la profusion et l'enchantement. Ce qui importait pour lui, à cet instant-là, face aux mots, aux notes, aux couleurs de l'arc en ciel, c'était d'accéder à tous les possibles de sa passion qui brulait. L'argent n'avait pour lui aucun sens.

Nagui choisit donc pour François « le chat » de Pow Wow, sans surprise. Il se sentait directement visé par l'autre titre.

François commença à chanter avec les onomatopées du début de la chanson, mais se retrouva sans voix pour la réponse aux deux premiers mots manquants. Même avec les initiales, un trou de mémoire, comme ça peut arriver à tous. Il voulut, malgré la fin de sa partie, continuer à chanter la chanson jusqu'au bout, ce que le laissa faire Nagui, sans arrêt, juste pour le plaisir, juste pour la plus belle des victoires.

A son retour en coulisses, lessivé par le tournage, dépassé par les événements, mais surtout bouleversé par l'accolade de Nagui à la fin de la chanson, en bouquet final de l'émission, comme si le maillon manquant de sa vie venait d'être retrouvé, le maillon sans prix de sa renaissance, il s'effondra face à Pauline qui le retint par le bras et l'aida à se poser sur une chaise. Des larmes, de joie sans doute, avaient envahi son visage.

Après un repos nécessaire, en tant que maestro, il dut repartir sur scène pour affronter le candidat suivant, pour une partie très serrée, mais qu'il remporta de justesse. Puis trois autres candidats, pas vraiment au niveau. Pour la sixième partie, il commençait à être sérieusement fatigué. On le sentait en retrait et resta silencieux de trop nombreuses fois. Il laissa le flambeau à son adversaire, sans doute épuisé par tant d'émotions.

Son passage à l'émission avait bien été enregistré et allait être retransmis à la télévision, du 9 au 12 aout 2023 au soir.

Chapitre 16 — PAUL

11 Aout 2023 - *Talloires*

Quelques jours avant la diffusion télé de la finale de François à « N'oubliez pas les paroles », Paul avait décidé de venir se poser à Talloires. Il proposa à son père de l'emmener, pour vivre ensemble ce grand show autour de son fils. La famille devait se retrouver le 12 Aout, à la Maison de Thônes autour de François et de tous ses fans pour son dernier passage télé.

A la différence du voyage partagé avec sa mère il y avait vingt ans, tout en souvenirs, paysages et émotions, Paul prit cette fois l'itinéraire le plus rapide pour atteindre le lac d'Annecy depuis Lille. Au départ, cinq cents mètres de rue entre la maison de retraite où vivait son père jusqu'à l'autoroute A22 puis jonction avec l'A1, puis l'A26, l'A4, l'A5, l'A39, l'A40 et l'A41, en tout 750 kilomètres d'autoroute jusqu'à l'entrée d'Annecy. Et enfin, une heure de bouchon pour traverser la ville et longer le lac — tous deux envahis de touristes à cette époque de l'année — pour arriver à Talloires. Sept heures trente pour atteindre leur but, un voyage tout en chiffre qui ne lui laissera cette fois aucun souvenir.

Pendant le trajet, Paul écouta son père qui se racontait, toujours et encore, au grès des kilomètres avalés. Il était question de lui, de son futur, de ses projets, de son réseau, de ses affaires — même retraité — du solde de son compte en banque, d'animations exsangues dans sa maison de retraite, de manque d'accueil des nouveaux venus, de manque de considération du personnel, d'échanges inexistants avec les autres résidents, reclus dans leur vie, leur famille, leur petit cercle, fermés au monde, enfermés dans ce lieu, ce mouroir où il regrettait d'être venu vivre. Il aurait dû garder son appartement, avait-il dit à Paul, ne pas écouter le point de vue de ses enfants sur son projet, et surtout, ne pas suivre son instinct, celui encore bien vivant d'un homme encore amoureux, décidé à tout quitter pour suivre sa chérie fantasmée, rencontrée au cours d'une partie de bridge, là, dans cette maison de retraite où il vivait désormais, où Agnès — le même prénom que sa femme ! — venait de s'installer pour, trois mois plus tard, quelques jours après son installation à lui, faire un avc et perdre la mémoire de son entourage, et de lui surtout. Du haut de ses 93 ans, il avait l'énergie d'un jeune homme, dans un corps affaibli, contraint par un genou récalcitrant dont il se plaignait souvent, au milieu de ses flots de paroles qui étourdissaient ses enfants à chaque rencontre. Paul plaisanta avec lui sur cette faiblesse au genou partagée, de ce point commun, seul signe apparent de leur filiation, ouvrant là une possible discussion, un possible échange à insérer dans son monologue infini, sur ce qui lui importait à ce moment, sur ce qui les réunissait là, pour ce voyage, sur cette autoroute, à deux, pour la première fois : la métamorphose de François.

— Alors, quel effet ça te fait, papa, de voir ton fils qui va passer à la télévision ?

— Je ne suis pas surpris, je savais que ça arriverait un jour, peut-être pas jusqu'à la télé mais au moins un commencement de vie normale.

— Vraiment ?

— Oui, j'ai toujours cru en lui, depuis la petite enfance. Avec maman, on n'était pas d'accord sur la façon dont on devait s'occuper de François. Si la vie veut encore de moi aujourd'hui, malgré mes 93 ans, c'est pour que je puisse voir cela, c'est un grand jour pour moi.

— Pour lui aussi tu ne crois pas ?

— Oui bien sûr, mais il ne mesurera pas sa chance. Il faudra lui expliquer, qu'il comprenne d'où ça vient, de qui ça vient.

Paul n'en revenait pas, pour qui se prend-il ? Oser penser qu'il avait quelque chose à voir avec la transformation de son fils !

— Et si ça venait plutôt d'un entourage bienveillant, un entourage dont il avait besoin pour se rassurer et se laisser aller à parler, comme il sait le faire de plus en plus, avec le peu de vocabulaire qu'il aura appris dans sa vie. Et si la chanson lui permettait enfin de mettre en forme, d'émettre sa voix intérieure qui n'attendait que cela, cette libération par la reconnaissance de soi.

— On voit que tu vis avec une psychologue !

— Psychothérapeute, Papa, je te l'ai déjà dit, psychothérapeute, ce n'est pas pareil, la distinction est importante pour elle.

— Ok si tu veux, t'offusques pas.

— Si, Papa, je m'offusque. Tu n'écoutes pas les autres. Comme il est toujours temps pour toi de faire des projets, et je trouve ça vraiment très bien pour toi, j'espère qu'il est aussi encore temps pour toi d'écouter ton fils. Est-ce que tu te rends compte du chamboulement dans sa vie, est ce que tu n'imagines pas pouvoir te poser à ses côtés, partager avec lui plus qu'une cigarette sur un balcon, avoir une conversation, une vraie, un échange, écouter les mots qu'il essayera de te dire, ressentir les émotions qui le traversent, le rencontrer enfin, ne serait-ce que cinq minutes, comme un père ?

— Paul, il est trop tard, je suis vieux tu sais maintenant, ce ne sont plus mes affaires. François, c'est de vous, avec ta sœur, dont il a besoin. Tu es son tuteur. J'irai bien boire avec lui une petite bière, partager sa joie de passer à la télé mais il ne faut pas trop m'en demander. On ne refait pas le passé. Encore une fois je savais qu'il finirait par se réveiller, et je le remercierai de l'avoir fait de mon vivant, pour que je puisse partir un peu plus serein. Tu sais, s'il avait pu s'en sortir plus tôt, s'il avait pu s'intégrer, avoir une vie normale, je crois qu'il serait devenu le grand fils que j'attendais, il aurait réussi, fait des affaires, on aurait pu alors avoir ensemble ces conversations dont tu parles, d'homme à homme, tu sais, ça m'a manqué dans ma vie, un fils qui me ressemble. Toi, tu es trop sur ta planète, en idéaliste, tu veux sauver le monde, alors que le monde a besoin de leaders, pour mener la barque.

— Voilà qui fait plaisir, je ne regrette pas de t'avoir proposé ce voyage !

— Désolé…Ce n'est pas moi qui suis venu te chercher.

Le silence s'installa à nouveau entre eux. Paul regretta cette conversation. Depuis sa mort avortée, il y a vingt ans, le père n'avait plus aucune inhibition.

— Et je dors où ce soir ? demanda-t-il à son fils.

— A Talloires, à l'hôtel de l'Abbaye, je pensais que ce serait à la hauteur de l'évènement à fêter.

— Bien ! Tu vois quand tu veux, tu as de bonnes idées !

Son humour laissa Paul sans voix. Il lui annonça son intention, le lendemain, jour de l'émission, de partir faire une petite randonnée seul, à Saint Germain, après l'avoir conduit à Thônes, pour qu'il la boive réellement sa bière, avec François…

Toute cette conversation replongea Paul dans sa jeunesse, quand il cherchait à se faire une place dans cette famille atypique, à exister auprès du père. Il repensait à leur vacances enfants, à ces énormes fourmis et leur ville-dôme sous les pins du bois de Saint Germain, à François qui ne parlait pas, lui qui, aujourd'hui, avait su dépasser ses peurs pour commencer à vivre une belle aventure.

Il voulait refaire le parcours du chalet à la plage, celui qu'ils avaient fait si souvent, se confronter à la cascade du Saut du moine et à Saint Germain juste au-dessus, celui qui avait fait de lui un être posé, un peu en retrait, ayant abandonné cette niaque qui le caractérisait avant l'accident de 1968. Peut-être que si les évènements de ce jour-là avaient été tout autre, sa vie l'aurait été aussi. Tout aurait pu arriver.

Chapitre 17 — XAVIER BELLAZ —

12 Aout 2023

Retraite à Talloires

Il doit s'accrocher, ne pas se laisser envahir par des hauts le cœur. Il a cette sensation de plonger, la vue est inclinée d'un côté, puis de l'autre et ça recommence, ça balance, brusquement. C'est nerveux, d'un côté, de l'autre, ne pas vomir. Il voit comme si ses yeux étaient accrochés à un drone, ça file vite. Tout est pénombre. La nuit est froide. Le lac est à peine visible. Il le survole et voit de chaque côté sur les rives, des bâtiments abandonnés, désossés, avec, sortant de nulle part, quelques halos de lumière blafardes. Tout est ruine. Il ne sait pas si son cerveau subit cette sensation de désastre ou s'il l'amplifie, sous le joug de la peur. Il se demande ce qu'il fait là, au-dessus du lac. Il n'a jamais vu le lac comme ça, son lac, le lac de son enfance, de ses vacances. Puis ses yeux de drone se rapprochent, zooment. Un très long ponton de bois coupe le lac en deux. Il voit un chalet typique, alpin, tout en bois, avec son toit épais à deux pentes, métallisé, givré. Un chalet qui aurait dû être posé parmi d'autres sur un des versants qui entourent le lac. Non, là il est accroché au ponton, sur pilotis, sur l'eau, au milieu du lac. Il perçoit un peu de vie derrière les fenêtres et sur le grand balcon, au début c'est faible. Puis il entend une voix, quelqu'un parle, puis une autre, ça discute, les voix montent, ça peste, ça crie, ça l'envahit. C'est assourdissant. Ses pupilles reçoivent cette scène comme un flash, aveuglant.

Le drone est déjà ailleurs, il se rapproche d'un flanc de falaise qui borde le lac, si vite, frôle un surplomb de roche, fait un écart, puis un autre, vers le bas. Puis l'eau est là, à portée, glacée. Le clapotement des vaguelettes fait monter l'angoisse, encore plus fort. Il ne faut pas tomber, c'est trop froid, éviter l'hypothermie. Elles sont là maintenant devant lui, sous lui, par milliers, qui clapotent, qui clapotent…

Et il tombe, l'eau le submerge, il nage ou il marche, ou les deux, il ne sait pas, il ne sent pas ses membres. Il est frigorifié. La tête tout juste sortie de l'eau, il ne voit pas à dix mètres. Il n'y a pas de fond. Le chalet est à sa gauche, cette fois sans vie, sans bruit, le ponton est plus loin, à peine visible. Le vent souffle fort, excite les vagues. Des déchets, de toutes tailles, de toutes formes, bouts de bois moisis, plastiques en décomposition, cotons tiges, tampons, bouteilles noircies, tous flottent autour de lui, s'agitent avec le vent. Ses doigts de pieds finissent par toucher le fond vaseux qui le porte à peine. Il voudrait marcher, garder la tête hors de l'eau, mais sous ses pieds il sent la présence de bouts de planches avec des clous rouillés, de tessons de verre, de débris de béton, tout ça disséminés dans la vase. Une blessure dans cette eau polluée et c'est l'infection, à coup sûr, le tétanos. Il doit nager. Il ne sait pas nager ou si peu. A chaque fois, de l'eau, des projections, des déchets, sur son visage, sur son nez. Le vent se renforce. Puis l'odeur, qui monte, désagréable, amplifiée par les vagues de plus en plus fortes. Une barque apparait, accrochée au ponton, secouée, avec une silhouette à bord, elle regarde le chalet, puis au-dessus, vers l'église Saint Germain perchée plus loin. Il faut l'atteindre, vite, aidez-moi, sortez-moi de cet enfer ! Mais la silhouette disparaît, brusquement. Il sent un courant dans l'eau qui l'emporte, l'éloigne de la barque. Il ne pourra plus l'atteindre. L'odeur s'accentue, infecte, pestilentielle. Une planche souillée se colle à ses narines, écœurant, les égouts, il nage dans les égouts ! Il est emporté, il coule, la peur, terrible, c'est fini…

Où sont les beaux souvenirs, l'eau du lac translucide, les petits poissons à friture qui brillent sous le soleil, les planches à voile aux couleurs flashies, les muscles bronzés, les filles seins nus, les fous rires, les discussions à n'en plus finir sur la plage jusqu'à l'aube, jusqu'à ce qu'il les ait tous soûlés, ses potes, avec ses histoires sans fin, où sont passée toute sa jeunesse, toute sa carrière, tous ses amours, toute sa vie de bonheur sur ce lac ?

A cet instant, ce fut le réveil, le cauchemar. Toutes les images avaient défilé d'un coup devant ses yeux, et en même temps l'odeur puissante qui persistait, réellement.

Xavier Bellaz n'avait jamais prêté attention à ses rêves ou ses cauchemars. Mais là, il venait clairement de réveiller ses fantômes, d'exhaler ses angoisses, celles de toute une vie. Ce rêve-là, cauchemardesque, lui restait en travers de la gorge, le laissant sans voix, ou presque. Et ça, il n'aimait pas.

De sa nuit, il émergea, encore hypnotisé de ses pensées noires, puis se réveilla totalement, se redressa sur son lit et voulut s'adresser à sa nouvelle femme Marie.

— Tu ne peux pas imaginer le cauchemar ….

Marie était déjà debout, occupée dans la salle de bains.

— Marie, tu m'écoutes ? Tu ne peux pas imaginer le cauchemar que j'ai fait cette nuit, horrible, tu m'entends ?

Marie réagit à peine et leva les yeux au ciel. Elle n'en pouvait plus de Xavier : même pas un bonjour, même pas un « comment as-tu dormi ? », même pas un moment de calme le matin au lever. Elle avait toujours eu conscience de son égocentrisme mais maintenant qu'il était en retraite, à l'écart de son milieu professionnel, elle le subissait de plein fouet. Son flot de paroles n'avait plus qu'une oreille à bassiner et c'était la sienne. Elle ne le supportait plus. Elle ressentait de plus en plus les limites de son amour pour lui. Il commença à lui raconter, dans le détail, tout son cauchemar.

— … Et là je me réveille avec une odeur atroce, une odeur d'égout, puissante, pour de vrai, dans le nez. Je ne savais pas qu'on pouvait rêver avec le nez, qu'une odeur pouvait s'imprimer comme une image. Tu peux pas imaginer. Un rêve pareil je ne peux pas le garder pour moi tu m'entends Marie, j'ai remué ma merde, c'est infernal, je ne comprends pas, enfin si, si j'interprète, ça veut dire que j'ai fait de la merde, toute ma vie. Et puis il y a ce personnage, cette espèce de double de moi-même qui apparait tout le temps dans mes pensées. Là, il était dans la barque, dans le chalet aussi, je t'en ai déjà parlé, je comprends pas ce qu'il vient faire là. Il m'observe, tout le temps. Dis-moi que je me trompe, Marie, que ce n'est qu'un vulgaire cauchemar.

Elle garda le silence. Devant la glace, elle s'observait, serrant les dents, le visage tendu. Avec ses cheveux encore ébouriffés et ses yeux vierges de maquillage, elle se faisait peur « je vais craquer » se disait-elle « je vais le quitter, le planter, là ». Puis elle lança :

— Ton rêve est flippant, Xavier, je ne sais pas quoi te dire...prends le temps d'y réfléchir, mais sans moi. Tu vas avoir toute la journée pour cela. J'ai prévu d'aller à Annecy aujourd'hui, par le bateau, je vais caresser l'eau du lac, douce et limpide, comme je l'aime...

— C'est tout l'effet que ça te fait, tacla Xavier,

Puis, d'un ton plus acerbe.

— Tu m'insupportes !

— Je plaisante !

Le visage de Xavier s'assombrit définitivement.

— En fait, tu m'abandonnes, c'est ça ?

Cette fois, la tentative de culpabilisation n'atteignit pas Marie. Elle ajouta :

— Ne m'attends pas non plus pour ce soir, je dinerai en ville.

Avec Marie, sa quatrième femme, Xavier Bellaz s'était installé depuis un an sur les hauteurs de Talloires, à Saint Germain, face au lac d'Annecy, dans un chalet neuf de sa conception, construit sur les ruines d'un vieux chalet des années 30 qui avait brûlé. Son chalet, il l'avait voulu traditionnel, tout en bois, à l'image de celui érigé sur le terrain voisin à la même époque. A son âge, il n'était plus question d'utiliser son savoir-faire de grand architecte — sa carrière avait été exemplaire — à des fins de faire valoir. Le discours était plutôt ici, en 2023, celui de l'insertion dans le paysage, pour s'effacer ou au moins faire semblant. Car le chalet ne manquait cependant pas de panache. La vue sur le lac était époustouflante : la petite baie tranquille de Talloires en premier plan, le château de Duingt, fier, sur la rive opposée, la plage illuminée de Saint Jorioz et au fond, la ville d'Annecy, envoutante, tout au bout du lac. Chacun de ces repaires, disséminés sur ses rives, avait son ponton d'accotement pour les bateaux de croisières qui assuraient les liaisons quotidiennes, fort appréciées des autochtones. Xavier en connaissait les horaires par cœur. Il s'enorgueillit même à décrire à ses invités, curieux de visiter le chalet, la forme constellaire que pouvait prendre le dessin de ces liaisons sur le lac, dessins matérialisés par des croquis artistiques et flous qu'il avait exposés dans son séjour, y voyant selon les jours ou les heures, différents signes du zodiaque s'y rattachant. Marie trouvait l'image inappropriée, il lui rétorquait que plus c'était gros plus ça passait. En fait, il se déconnectait de la réalité, pensant que son aura était éternelle. Il allait même jusqu'à titiller ses convives en se transformant en astrologue du dimanche, mettant en avant son signe, bien sûr, le meilleur, le sien, Verseau ascendant Gémeaux, ces fameux être à la personnalité légère, double et mystérieuse laissant entendre toute la richesse intérieure de sa personne, alors que tout le monde savait tout de lui, tant il était incapable de garder un avis à propos de tout et de rien, de cacher la moindre de ses pensées. Xavier était un homme à livre ouvert, dont la pagination était sans fond. Toute la France des grands noms de l'architecture et de la promotion immobilière avait été invité par Xavier, à tel point qu'il était incapable d'intégrer le moindre commencement d'un déclin de sa vie professionnelle, l'idée même qu'il pouvait ne plus être dans le coup. Tout le monde devait avoir vu *le* chalet de Xavier Bellaz, *sa* vue exceptionnelle, *sa* constellation des Gémeaux, *son* lac d'Annecy, berceau de sa réussite. Et la profession avait fini par manquer aux rendez-vous. Seuls quelques notables locaux en manque d'imagination répondaient présents à son invitation et l'écoutaient encore.

Et il y eut cette dernière soirée, où les convives s'étaient présentées beaucoup plus éparpillés que lors des fêtes que Xavier organisait à son apogée professionnelle. Pour exposer son discours à la fin du repas, Xavier avait interrompu toutes les conversations, attrapé son petit tabouret sur lequel il allait pavaner et demander le silence. Son maigre public encore fidèle, tout juste rassemblé sur la terrasse du chalet, avait obtempéré. Mais ce soir-là, pendant sa prise de parole, Xavier fut dérangé par une autre voix que la sienne, une voix affirmative, très agressive même :

— Ferme ta grande gueule, Xavier ! Foutaise tout ça ! Tu n'as jamais eu de cœur. Honte à toi ! Tes beaux discours et ton ego finiront par te perdre ! Tu vas tomber de haut !

La terrasse se retrouva au même moment brutalement dans le noir. Xavier descendit de son estrade sous le choc et essaya d'interpeller l'auteur de ce coup d'éclat, de ce hold-up, qui n'était autre que son ancien associé, Nicolas, remonté contre lui depuis son départ en retraite. Une sombre histoire de parts de société. Un cas pourtant classique. Nicolas n'avait pas pu racheter ses parts de l'agence, Xavier préférant les revendre à des financiers américains qui se montraient de plus en plus envahissants autour du lac, ce que Nicolas avait très mal vécu. A moitié ivre ce soir-là, il avait explosé sa rage, puis avait filé aussitôt en coupant le courant du chalet.

Après l'esclandre, il y eut une sorte de brouhaha sur la terrasse. Les commentaires s'opéraient à demi-mot. Ce n'était pas l'indignation générale, loin de là, plutôt une concertation insidieuse entre invités, par petits groupes, comme si chacun avait à se positionner sur le cas Xavier, celui qui, dans le milieu, continuait, même retraité, à faire jaser.

Xavier pressa Marie de remettre la lumière. Tournant le dos à ses invités, il prit subitement conscience que la vue depuis la terrasse était complètement bouchée. Aucune lumière ne remontait du lac. Son cerveau était dans le même état, envahi d'un brouillard opaque. Il sentit un doute profond monter en lui, sans comprendre ce qui lui arrivait. Ce n'était pas la première fois, dans sa longue vie trépidante, mais cette fois, ce fut violent.

Les invités se rapprochèrent de lui, tantôt pour s'excuser de devoir partir — Tu comprends un rendez-vous tôt demain matin — Tantôt pour le rassurer — Mais comment a-t-il pu te faire cela ? — Ce qui dans les deux cas le laissait sans réaction : tous étaient tellement prévisibles. Puis la terrasse se vida en très peu de temps, le silence s'installa autour de lui. Un crachin qui débutait l'obligea à rentrer, rejoignant Marie.

Elle s'apprêtait à lui apporter un Lagavelin, son whisky préféré. Mais elle hésitait ; Nicolas avait raison, cet homme si imposant perdait de sa consistance, sa retraite le liquéfiait. Une petite faille venait de s'agrandir dans ses certitudes, dans son amour fidèle depuis trois ans envers Xavier. Pourtant, elle lui tendit le verre, pour cette fois encore. Mais avec, sur son sourire, une légère déviance dans la commissure de ses lèvres.

Cette soirée allait être la dernière, Xavier prétextait maintenant un besoin de profiter enfin de sa retraite. Une mise à distance provisoire de ses relations qu'il savait, se disait-il encore au fond de lui, s'accrochant à une bouée de plus en plus vaporeuse, pouvoir retrouver quand il le souhaitait.

Après le départ de Marie pour Annecy, Xavier se leva, prit sa douche et enfila son caleçon. Il avait fait placer une grande glace dans leur salle de bains. Il devait s'assurer qu'il tiendrait toujours son image, son rôle en société, même à distance, même retraité. Ce matin, comme tous les matins, par habitude, il s'était installé devant, torse nu. Encore secoué par son cauchemar, il posa cette fois un regard suspect sur son image. Ce n'était pas lui qu'il voyait là à travers cette glace, plutôt cet autre, celui qui s'immisçait dans ses pensées dans les moments d'angoisse. Il ne savait pas si l'angoisse était une cause de cette vision ou une conséquence. Il le voyait là, cette fois, bien réel physiquement. Il perdait sa maîtrise, son corps. Il craignait de se diluer dans l'autre.

Il finit par s'ébrouer entièrement afin, sans autre recours possible, d'oublier tout cela. Pour l'interprétation du rêve, il verrait plus tard. Il s'habilla et descendit saluer son vieux chat, fidèle parmi les fidèles. Celui-ci vint ensuite le saluer à son tour en miaulant à ses pieds pendant qu'il buvait son café, debout, face au lac et ses reflets argentés, songeant au programme de sa journée. Le clocher de Saint Germain se détachait dans un ciel bleu pur. Avec cette météo, il se décida pour une partie de golf, et pour la soirée, un bon diner au Père Bise, en terrasse si possible, pour profiter du lac, de son lac, bien réel celui-là. Même seul, il y trouvera bien quelques connaissances pour discuter. Et pas question d'emmener son double avec lui. Il réserva la table d'abord :

— Oui Monsieur Bellaz, pas de problème, une table en terrasse, sans faute au bord du lac, on va vous trouver cela.

Puis il appela pour le golf :

— Désolé Monsieur Bellaz, il n'y a plus de créneau horaire disponible quel que soit le parcours douze ou dix-huit trous. Nous avons été submergés de réservations aujourd'hui : c'est la dernière journée clémente avant les orages annoncés violents pour les prochains jours.

Xavier pesta : ce lac est vraiment infesté de touristes !

Il sortit sa coccinelle du garage, ouvrit la capote, remonta le chemin jusqu'à la route du col, s'arrêta pour relever son courrier que le facteur venait de déposer avec son Kangoo jaune. Il jeta sur le siège passager la pile de lettres dont il remit la lecture à plus tard. Puis il descendit à Talloires, tranquillement, sous le soleil, effaçant les dernières bribes de souvenirs de son cauchemar par les images splendides et réelles de la beauté de ce lac qui défilaient devant lui.

L'auberge du Père Bise était une table étoilée ancestrale et incontournable du lac d'Annecy. Ce lieu mythique était posé au bord du lac, dans la crique de Talloires, juste en lisière du petit port. Xavier le chérissait depuis de longues années et connaissait bien la maison et son histoire qui remontait à plus de cent ans. Il le fréquentait à une époque au moins quatre fois par an, par pur plaisir. Depuis sa retraite, ses venues s'espaçaient. On y dégustait de savants plats du terroir, parfaitement maitrisés, subtiles et délicieux, déclinés par un chef originaire du cru qui avait en même temps une passion dévorante pour le vin, qu'il partageait avec Xavier à chacune de ses venues. Devant lui, pour le taquiner, Xavier aimait à préciser à ses invités parisiens qu'autour du lac il y avait une table encore plus prestigieuse, celle de François Grand, trois fois étoilée mais que celle-ci n'avait pas encore atteint le niveau du Père Bise concernant sa cave. Xavier avait d'ailleurs fait la remarque à François Grand qui ne s'en était pas vexé, il y avait fait son expérience de « jeune garçon au Père », comme il disait.

Ce soir-là, le chef lui présenta son nouveau sommelier, jeune homme qui semblait sortir tout droit d'une grande école hôtelière, ce que laissait à penser sa tenue toute en élégance et sophistication, lui donnant un air très sûr de lui. Il se retrouvèrent tous les deux en cave, au milieu de centaines de bouteilles pour une dégustation « en guise d'apéritif et entre pros » comme leur avait suggéré le chef avant de retourner à ses fourneaux brûlants.

— Alors jeune homme, vous avez intégré la maison depuis quand ?

— Un mois, Monsieur !

— C'est plutôt moi qui vais vous faire découvrir la cave alors !

Le sommelier sourit à peine.

— Il y a beaucoup de nouveautés, vous savez. Vous voulez qu'on commence ?

— Faites-moi rêver avec un vin rouge, je vais éviter les mélanges ce soir.

— Bien sûr, en ce moment on est sur des vins bio nouvelle génération, sur la vallée du Rhône... bio et presque local !

— Ah ! du bio ! Alors ajoutez à côté un Bordeaux grand cru, pour comparer !

— Ce n'est plus tendance, Monsieur.

— Oui, bah, les seules tendances qui valent sont les miennes !

— Les Bordeaux aujourd'hui sont considérés comme trop chers et enfermés dans leurs propriétés : excusez le jeu de mots ! Leur tannin très puissant, le goût boisé. Il n'y a qu'à l'étranger qu'on les apprécie encore. En France ça n'a plus la côte. En 2019, il y avait une surproduction. Avec la crise Covid, ils en ont même fait du gel hydroalcoolique !

— C'est marginal tout ça, c'est l'écume bavarde d'un processus de fond immuable. Je vous parle grands crus jeune homme, les vins bio surfent sur la vague écolo, c'est du marketing, on fait du neuf pour du neuf, du bio, du "technique". Je ne suis pas dupe. Sortez le Haut Brion 95 que l'un de vos prédécesseurs m'avait servi ! Souvenir mémorable ! J'en ai encore le goût sur mon palais.

— Impossible Monsieur, on l'a revendu, comme beaucoup d'autres Bordeaux. Nouvelle politique de la maison.

— Vous dites ça !? Je suis sûr que vous ne savez pas où le trouver en fait, vous ne connaissez pas encore bien la cave, vous voulez me fourguer votre bio !

— Si, je vous assure, vous pourrez demander au chef. Si vous avez un si bon souvenir, c'est sans doute grâce à une bonne association mets-vin que vous avait proposé mon prédécesseur, c'est notre métier. Moi, ce soir, avec la carte, je peux vous faire découvrir ce Côte-Rôtie, Maison Clairière, le "Chatdor" 2019, travaillé en biodynamie. Goûtez !

Xavier se résigna à attraper le verre, puis il le porta à ses lèvres brusquement, sans même le ventiler, ni le humer, l'apprivoiser. De quoi étonner le sommelier qui, lui, avant de goûter, respectait à la lettre les gestes ancestraux justement. Profiter, s'interroger, puis sourire, apprécier, pour enfin recracher.

— Et cette manie de recracher ! C'est bien un truc de sommelier ça. C'est quand même pas très classe ! Non Monsieur, un vin quand on l'apprécie, on le garde en soi, on en fait du terreau, ça vous aide à grandir, à vous construire, ça vous forge une personnalité !

— Certes, on peut voir les choses comme ça, moi je cherche, j'ouvre les yeux, j'enrichis mes papilles, juste, mais sans excès, vous comprenez ! Alors que pensez-vous de ce Côte-Rôtie, maintenant que vous l'avez avalé ?

— Rien, insipide, bionique, woke ! Pas mon genre ! Dites-moi plutôt ce qui vous reste en grands crus bordelais pour moi ce soir ?

— Vraiment, Monsieur ! Dommage, je me faisais une joie de vous ouvrir à de nouvelles sensations. Il doit rester du Saint Estèphe millésime 89.

— Parfait, préparez-moi une bouteille, je remonte.

De retour en terrasse, Xavier restait contrarié par l'incident avec le sommelier, son orgueil avait été émoussé, ce petit jeune avait réponse à tout. En même temps, il savait que les goûts, les modes pouvaient évoluer. En architecture, il avait toujours été le premier à défendre les projets novateurs, ambitieux même — surtout ceux conçus dans son agence ! — Mais la question n'était pas là, il n'avait pas su avoir le dernier mot avec ce jeune et il ne s'était pas reconnu dans son emportement. Ce n'était pas lui, là, dans la cave. En fin de compte, il s'était trouvé nul : un grain de sable supplémentaire, une petite piqûre de rappel pas si anodine à sa cruelle déchéance.

Sur le parking tout proche du petit port voisin, on pouvait entendre un brouhaha s'échappant d'un camping-car jaune électrique à la ligne futuriste, l'ID Buzz, réplique moderne du Combi VW au look hippie des années 60. Xavier remarqua que le son provenait d'un grand écran au format surprenant pour une voiture. Il se dit que rien n'arrêtait les constructeurs pour faire vendre leur camelote. Mais il sut apprécier la ligne de cet "ID Buzz" qu'il trouvait très réussie. Les occupants chantaient en même temps que le personnage affublé d'un micro à l'écran. Xavier constata une réelle ambiance festive à ce qui était une émission de télé. C'était le jeu télévisé de Nagui, selon un serveur attiré lui aussi. Là, on entendait la chanson " Cheval d'acier " de Johnny Hallyday jeune, le chanteur préféré de Xavier — dont il avait eu l'honneur de concevoir le décor de son concert mythique de 1993 au parc des princes... Très bon souvenir — Puis ce fut la chanson "Les Anglais en vacances" de Charlélie Couture, mémorable ! Puis : « Mon frère » de Maxime Le Forestier :

« Toi le frère que je n'ai jamais eu
Sais-tu si tu avais vécu
Ce que nous aurions fait ensemble... »

Celle-là, Xavier ne la supporta pas. Chanson trop mélancolique, ce n'était pas le moment. Il finit par demander au serveur d'aller faire cesser ce bruit, somme toute anormal à proximité d'un restaurant d'un tel standing. Ce n'était pas le jour, et en plus il n'avait trouvé personne avec qui échanger ce soir, si ce n'est ce jeunot si sûr de lui. Cracher du vin, c'est insupportable ! Un lointain coup de tonnerre gronda, prémices d'une nuit qui allait se rafraîchir. Pour Xavier, cette soirée s'achevait sans éclat. Il se laissa aller à une introspection que lui suggérait l'atmosphère encore lourde qui régnait au bord du lac. Après un bon quart d'heure à scruter, par un effet de loupe, toute la beauté du lac au travers de son verre de vin cristallin, il vit de petites vaguelettes se former à la surface de l'eau poussées par une brise naissante. Le léger claquement qu'elles produisaient sur la coque d'une barque, accrochée à proximité, le sortit de sa douce torpeur. Son ressentiment l'envahit à nouveau. Il le noya aussitôt dans les dernières effluves de la bouteille de vin, presque vide, portée à son nez. Il partit régler la note à l'intérieur. A ce moment, à l'extérieur, l'orage annoncé déferla brusquement.

Un fort coup de vent se leva, venant de nulle part, renversant chaises et tables non encore débarrassées et bousculant les clients encore présents pris par surprise. La pluie suivit le mouvement, en trombe d'eau. Tout le monde s'affola dans un grand capharnaüm.

Xavier finit par prendre la direction du parking où il avait laissé sa voiture, derrière le port. A la hauteur du camping-car, il s'étonna du calme relatif présent autour de l'engin, la porte arrière toujours ouverte, la télé toujours allumée. Il pouvait vaguement distinguer un homme qui était assis à l'intérieur. Un éclair inonda la scène avec une telle puissance qu'il parvint à voir son visage très clairement. Avec sa moustache, il eut la vision que c'était lui ! Son double !

Le violent coup de tonnerre qui suivit quelques secondes après le ramena sur terre. Il se pressa vers le parking. Ses pieds pataugeaient dans un déferlement d'eau au sol qui se dirigeait déjà des ruelles de Talloires vers le lac. Il finit par atteindre sa voiture dont il n'avait pas pris la précaution de fermer la capote. Il était trempé jusqu'à l'os, et sa coccinelle inondée.

Perturbé par cette nouvelle vision sur le port, il s'assita au volant et s'empressa de fermer le toit à la recherche d'un peu de répit. Tout son courrier avait pris l'eau. Il réussit à sauver quelques lettres du milieu de la pile qu'il abrita dans la boite à gant. Cet orage l'accablait plus par l'enchaînement désastreux des événements de sa journée que par l'impression qu'il avait d'être tombé à l'eau tout habillé. Il repensait à ce cauchemar, à cette soirée d'il y a six mois aussi, où il n'avait pas su tenir son rôle. Ces absences, cette envie de s'isoler qui grandissait depuis son arrivée à Saint Germain. Comme s'il était appelé à vivre autre chose, à finir sa vie d'aujourd'hui, à revivre dans un ailleurs totalement irréel. Qui était ce personnage, ce double qui s'était présenté à lui plusieurs fois dans la journée, dans sa glace, dans le camping-car et dans son rêve aussi, cette silhouette évanescente disparue de la barque.

Cette dernière impression l'arrêta net dans ses pensées. Les odeurs, la peur, revenaient. Son corps, doucement mais inexorablement, était en train de flancher. De minuscules flux nerveux venant des tréfonds de sa chair, grandissant comme un mascaret, se transformèrent en un flot de larmes envahissant le fond de ses yeux, malgré la résistance de toutes ces cellules. Lâchant prise, il essuya de son index la peau de ses joues tout juste séchées de la pluie. Il n'avait jamais pleuré comme cela. Il ne connaissait pas cette sensation douloureuse et il n'avait aucun mot pour l'expurger. Levant ses yeux encore humides, il se dit qu'avec le déluge qui sévissait dehors, on ne le surprendrait pas dans sa détresse. Maigre consolation ! Une porte s'était ouverte sur un trauma profond de son enfance, la sensation d'un vide abyssal. Il était perdu, incapable de l'identifier. Il manquait une pièce à l'histoire de sa vie.

Chapitre 18 — PAUL

12 Aout 2023

Talloires

Le 12 août matin, Paul conduisit son père à la Maison de Thônes et convint de son retour vers vingt heures pour suivre la finale, le dernier passage télé de François dont les prestations étaient diffusées depuis déjà trois soirées. A la suite de l'enregistrement de l'émission, François avait pris le pouvoir à la Maison de Thônes et invitait ceux qui le voulaient à participer à des karaokés dans son studio. Il était le seul, ou presque, à connaitre les paroles des chansons, il pouvait donc se pavaner au milieu de son public acquis. Son moment de gloire était tout proche.

Paul avait la journée pour s'immerger dans ses souvenirs d'enfance. La météo du jour était bonne, avant l'arrivée du mauvais temps pour les jours suivants. Tous les vacanciers allaient se ruer à la plage, la montagne serait à lui. Après avoir déposé sa voiture à côté de l'église Saint germain, il se dirigea à pied vers le chalet familial. Les prairies d'antan avaient laissé place à des chalets modernes, gris et disgracieux, en bordure de la route du col. Arrivé face au chemin d'accès, il remarqua une boîte aux lettres neuve plantée à côté de celle un peu vermoulue du chalet. Il s'avança, impatient de revoir la bâtisse derrière les bosquets toujours présents. Une surprise l'attendait : à la cime des arbres qui se trouvaient devant lui, il put distinguer deux toitures identiques, toute deux au milieu du bois de son enfance. Il comprit vite que la ruine du chalet incendié il y a près de 80 ans avait été reconstruite, et que la nouvelle boîte aux lettres indiquait qu'il devait être habité. En s'approchant, il découvrit une percée faite dans le bois. Il ne put s'empêcher de s'y glisser pour aller voir la « bête ». Il n'y avait pas de portail, bon point pour les bâtisseurs. Il s'approcha encore, pour aller voir ce chalet qui n'avait rien à cacher. Même si celui-ci était flanqué de plusieurs dépendances en bois et d'une assise en pierres manifestement neuves, il fut époustouflé de la ressemblance entre ce nouveau chalet et celui de ses ancêtres. L'architecte avait œuvré avec un respect total du l'histoire du lieu, la simplicité des volumes, l'omniprésence du bois, la finesse du toit, la répartition des baies, l'élégance de la terrasse, tournée vers le lac. Tout rendait hommage à l'identité première du vieux chalet. Les percées dans le bois avaient été ciblées, juste nécessaires, et n'avaient pas détruit l'identité du lieu. Chaque chalet gardait son intimité, sans aucun vis-à-vis, et le tout offrait une unité remarquable. Paul, ébloui par cette découverte, s'aperçut que le chalet était fermé. Il aurait aimé rencontrer ses habitants et discuter avec eux de ce projet et de sa genèse.

Il remonta vers le chemin du vieux chalet pour s'y rendre comme il l'avait prévu. Arrivé face à lui, il prit le temps de s'asseoir sur une pierre en bordure de prairie pour observer les lieux. Son impression se confirma, ces deux chalets étaient bien de la même famille. Puis il constata que son chalet était fermé lui aussi, à son plus grand étonnement à cette période. Cette gigantesque famille qui y avait grandi, peut être devenue trop nombreuse aujourd'hui pour pouvoir organiser un planning équitable, allait-elle le laisser à l'abandon ? Il n'y croyait pas, à moins que la construction de l'autre chalet n'ait réveillé des peurs ? Avait-elle fait remonter le fantôme d'un incendie toujours inexpliqué dans la famille ?

Sur ces questions irrésolues, Paul reprit la direction du bois voisin, vers la cascade. Il emprunta exactement le même chemin qu'à l'âge de ses quatre ans. Une petite angoisse l'envahit. Aujourd'hui, il était seul, François n'était pas là pour le surveiller, l'air de rien, ni sa mère pour le retrouver. Sans descendre, ni monter, il se fraya un passage dans le sous-bois légèrement humide et glissant. La cascade était déjà bien présente, puissante, imposante. Il voulait l'approcher au plus près, sentir les premiers embruns, s'enivrer de sa force. Il n'eut pas d'autres choix que de descendre un peu s'il voulait l'apercevoir au travers des sapins. La pente était forte. Il se tenait successivement aux différents troncs. L'un d'eux, un peu trop pourri, se brisa sous son poids. Son genou lui évita la chute, en le rappelant à son souvenir. Une petite douleur dont il se serait bien passé. Merci Saint Germain ! Il dut faire demi-tour prudemment et revenir vers le vieux chalet pour y emprunter le chemin balisé qui démarrait en bas de la prairie basse. Il voulait se rendre au pied de la cascade. Son rythme suivit son genou qui suivait sa détermination. Il y parvint en retard sur son timing mais il y était, heureux.

La première fois qu'il avait découvert ce lieu magique, il avait onze ans, en 1971, c'était après son accident. L'excursion comprenait Claire François et lui, ainsi qu'un oncle et des cousins. Avec François, Paul était à la traine, chacun pour ses raisons, son genou et son instabilité osseuse, pour Paul, son instabilité au monde, à la vie, pour François. La motivation de Paul provenait du souvenir de ses quatre ans, celle de François provenait de son attrait pour les autos. Son père devait lui montrer une carcasse de coccinelle cabriolet bleu ciel tombée dans le ravin à proximité de la cascade. Ils étaient à la traine, Claire et les cousins étaient devant et le père se plaignait auprès de son frère d'avoir des enfants attardés ! Le spectacle à l'arrivée était grandiose et palpitant. La chute d'eau était si haute qu'il était impossible d'en voir l'origine. Le vacarme de la cascade était assourdissant, même les cris délurés des enfants autour du bassin qui cueillait cette eau venue du ciel, paraissaient ridicules. Claire hurlait à tue-tête, hilare comme à son habitude, entrainant même François dans sa joie, alors qu'il aurait pu s'affoler, perdu dans ce lieu unique de nature. Les cousins avaient repéré la coccinelle un peu plus bas, relativement plus au calme, là où il était possible de se parler à nouveau. La carrosserie, à moitié déformée malgré la hauteur de la chute, était à peine rouillée. Pare-chocs, rétros, poignées rutilaient encore. L'un des sièges en skaï était toujours accessible malgré le volant de travers, de quoi attirer chacun d'eux, l'un après l'autre, pour s'y installer et faire le pitre. « La même » avait exprimé François, son mot du jour, sa part de joie. Il avait la même en miniature sur les étagères de sa chambre.

Sous la cascade, Paul retrouvait la même force, le même fracas de l'eau sur elle-même, un nuage de mousse blanche, une brume douce et enivrante qu'il humait avec délectation, les mains sur ses oreilles devenues plus sensibles avec le temps. A sa gauche s'élançait la paroi rocheuse sur laquelle s'était fondé Saint Germain, avec sa grotte et sa chapelle au-dessus. Une faille horizontale, aux trois quarts de ce mur de calcaire et de schiste, marquait la percée de la route, dernière assise de cette coccinelle qui chuta il y a plus d'un demi-siècle. Trempé par les embruns continus de la cascade, Paul finit par s'éloigner et partit à la recherche de la carcasse qui devait se situer plus bas, d'après ses souvenirs, derrière un gros rocher qui la protégeait du courant principal du torrent. Le rocher était encore bien là, la carcasse, elle, s'était évaporée. Rongée par le temps, avalée par les flots, récupérée par l'homme, toutes les explications plausibles à sa disparition ne calmèrent pas la déception de Paul. Il se voyait déjà la photographier avec son portable pour la montrer à François, et voir si cet instant de curiosité enfantine flottait encore dans sa mémoire.

Dépité, mais décidé à ne pas revenir bredouille, autant pour le plaisir de François que pour le sien, Paul repartit vers la cascade pour une séance de photos et de vidéos de ce spectacle fascinant. Le ciel commençait à s'assombrir au loin, il était temps qu'il profite des derniers rayons de lumière. Il entreprit alors l'ascension, sur l'autre versant du vallon, pour aller contempler ce lieu tel que Saint Germain le voyait depuis sa grotte. Il emprunta le chemin du bas, à flanc de roche. Une ascension abrupte mais heureusement sécurisée par de nombreuses lisses en métal rouillé ancrées dans la roche. Elle lui offrit au passage des nouveaux points de vue sur le site qu'il ne put s'empêcher de filmer, mêlant les derniers éclats du jour sur la surface des eaux tumultueuses aux ombres des cumulus qui annonçaient la pluie. Il progressa lentement, toujours à l'écoute de son genou. Ce qui laissa le temps au ciel de s'assombrir totalement, la nuit s'invitant presque, alors qu'il n'était encore que dix-neuf heures. Il devait accélérer. Sa voiture l'attendait à côté de la chapelle Saint Germain, tout là-haut, et François devant sa télé, dans une heure. Il accéda enfin à la grotte de l'ermite. L'atmosphère était humide et rocailleuse, froide et austère, en total contraste avec l'extrême niveau de confort de nos sociétés. Un petit hôtel taillé dans la pierre, une statuette de Saint Germain posée au milieu et recouverte d'un retable protecteur en bois, quelques fleurs en plastique, deux ou trois missels posés dans un panier en osier et de nombreuses bougies de toutes tailles et de toutes couleurs, éteintes, comme pour mieux rappeler le passage du temps et des âmes humaines égarées sur cette terre. Paul entreprit d'en allumer une, avec une pensée pour sa mère. Celle qui n'aura pas vu son fils renaitre – A moins qu'elle ne soit l'investigatrice de sa résurrection, entrainée par l'expérience de Dieu, maintenant à ses côtés – Un petit temps de recueillement dont il s'éclipsa rapidement, se rappelant à François qu'il allait faire attendre. Ses pensées se réorganisaient, son corps allait suivre. La nuit était tombée sous le ciel orageux, la pluie était féroce, et le vent soufflait fort. Il reprit sa route, il pressa le pas. Le seuil de la grotte était en pierre, lissée par le passage des touristes. Avec son téléphone à la main, lampe allumée, pour assurer son déplacement dans la pénombre installée, il s'était privé d'un appui de secours dans sa quête d'équilibre. Immanquablement, par le truchement de son genou qui lâcha, et de l'absence d'une main disponible pour se rattraper, il fit une chute en arrière au passage du seuil. Sa tête se fracassa sur le roc, le laissant sonné un moment sur le sol. L'histoire se répétait, cette fois sans bataille.

    Après avoir repris ses esprits, Paul se décida à quitter ce lieu maudit avec le souvenir de l'accident qui s'invitait à nouveau. Avait-il bien fait d'écouter Saint Germain, de se plier au silence, de laisser la parole aux autres ? N'avait-il pas perdu la chance de savoir prendre la parole à bon escient, celle bien faite, bien conçue, réfléchie, capable d'asseoir sa personne face aux autres, celle capable d'effacer la paralysie qui suivait ses réflexions, juste avant leur formulation, avec les bons mots, les bonnes phrases, les bonnes répliques, fidèles à ses pensées, portant à l'autre un fragment de son être ? Pourquoi avait-il dû toute sa vie se poser sans cesse cette question, pourquoi parler n'était pas aussi naturel que de sourire ou enrager ? Ce questionnement le mit en colère au moment de repartir, alors que c'était auprès de son frère qu'il aurait dû être à cet instant-là. Avec attention, aidé de la lampe de son téléphone portable, il emprunta le dernier tronçon de chemin qui longeait la falaise avant de rejoindre la route. C'est à ce moment qu'un effroyable coup de tonnerre remplit de sa force un ciel totalement électrisé. Le craquement et l'explosion qui s'en suivirent firent trembler Paul qui s'arrêta net. Un sapin en feu venait de s'effondrer sur la route, juste devant lui.

Chapitre 19 — XAVIER BELLAZ, PAUL

12 Aout 2023

L'orage

Sous l'orage en pleine action, la remontée de Xavier vers son chalet depuis le port de Talloires s'annonçait périlleuse. Cinq kilomètres de lacets d'une route partiellement abrupte et dangereuse par ce temps démoniaque, le tout après un repas frugal à l'auberge du Père Bise, arrosé d'une bouteille de Saint Estèphe presqu'entière qu'il n'avait, ce soir-là, partagée avec personne.

Assis dans son cabriolet, les pieds et les fesses trempés, Xavier était tenté de rester à Talloires pour la nuit, les hôtels voisins offraient un grand confort dans ce lieu de villégiature. Il pourrait s'y réchauffer rapidement et demander au service de linge de lui ramener ses habits propres, secs et repassés le lendemain matin. Il sortit son portable de sa poche et s'aperçut que Marie lui avait laissé un message :

" Ne m'attends pas cette nuit, je dors à Annecy…"

Elle dort à Annecy ? Mais elle dort où ? A l'hôtel, à cause du temps ? Comme moi ?

Chassant le doute, il appela l'Abbaye de Talloires, quatre étoiles, juste à côté.

— Complet, monsieur Bellaz !

Puis l'hôtel Beau site, trois étoiles, plus loin :

— Complet, c'est la haute saison touristique, monsieur Bellaz !

Cette dernière phrase le remit dans le doute. Où dort-elle, si tous les hôtels sont complets, elle qui déteste dormir chez les autres ?

Le doute s'amplifia, l'atmosphère autour de lui s'embruma. Son mental finit par se liquéfier pour devenir une bulle dans laquelle il se retrouvait enfermé et que la moindre épingle pourrait faire exploser. De l'intérieur il ne voyait que son image, son double, en reflet sur la paroi fragile de cette bulle. Il avait beau tourner les yeux, regarder en haut, en bas, de côté, impossible d'y échapper maintenant, ce fantôme le cernait de toute part. Son seul secours était encore Marie. Il fallait qu'il la joigne, qu'il lui dise de rentrer, qu'ils se retrouvent au chalet, pour discuter, pour lui expliquer, qu'elle l'aide à revenir dans le monde réel. Il l'appela plusieurs fois et puis se décida à lui laisser un message :

« Je t'attends au chalet, reviens vite Marie, il faut que je te parle…j'ai besoin de toi, je ne vais pas bien, j'ai peur de faire une bêtise »

Aucune réponse ne se présenta.

Décidé maintenant à rentrer, pour conjurer le sort et faire revenir sa femme au chalet, il démarra sa coccinelle, puis reprit la route.

L'orage n'avait pas baissé d'intensité. Au contraire, le vent s'agitait de plus en plus, faisant balancer la voiture dès les premiers mètres parcourus. Xavier se trouvait pourtant encore dans Talloires, protégé par les habitations, elles-mêmes abritées dans le creux que formait cette petite crique au pied du Roc de Chère. Il redoutait l'impact que pourrait avoir cette tempête un peu plus au-dessus, exposé à la furie des éléments. Il connaissait la route par cœur, mais la pluie, pressée de tomber, incessante et drue, torrent de grosses gouttes transformées en tiges d'eau, rendait la visibilité quasi nulle. La peur, émotion qu'il dédaignait depuis toujours, l'accaparait ici dans tout son être.

Il se mit à trembler, continuant à rouler à l'aveugle ou presque. Le froid avait pris sa place aussi, dans cette partie d'égo qui se jouait là, pendant ce trajet, dans sa voiture, dans son corps, dans sa tête, au milieu d'un déluge d'éléments comme il n'en n'avait jamais connu.

Il en venait même à invoquer la foudre, qu'elle s'abatte sur lui, pour en finir. Elle s'immisçait quand elle voulait, où elle voulait, cachée quelque part dans les montagnes qui entouraient le lac. A petit feu, à chaque incursion, à chaque éclair, elle s'emparait de lui, pour le rendre à sa peur l'instant qui suivait.

Après une série de lacets, la route s'appuyait sur le versant du mont du Poney parallèle au lac. La coccinelle s'engouffra dans un premier tunnel, offrant à Xavier un répit dans l'orage, puis ressortit sous la furie du ciel, qui lui envoya une nouvelle claque. Le dernier tunnel, celui de l'Ermitage, à l'aplomb de l'église de Saint Germain, se présentait comme une porte qui s'ouvrait sur les gorges du Nant de Craz et la cascade du Saut du moine en contrebas. En traversant ce tunnel, Xavier allait accéder à la partie la plus dangereuse de la route, avec cinquante mètres de vide à son flanc, et, tout au fond, le torrent déchainé par l'afflux des trombes d'eaux et des débris emportés dans son lit.

Quand il y entra, son téléphone posé sur le siège passager s'alluma avec la réception d'un sms de Marie :

« Je dors chez Nicolas, ne m'attends plus ! »

A la sortie du tunnel, la foudre frappa, cette fois à l'unisson du tonnerre. Un large sapin touché explosa en mille morceaux et s'étala sur la route, le tronc en feu, juste devant Xavier. Les yeux encore rivés sur le téléphone, effaré, hagard, pris au piège de son sort, il s'agrippa au volant, vacilla par à-coup, et s'arrêta net juste au-dessus du vide. Alors lui revint, comme un flash, l'accident fatal de son père qui en 1968 avait, au même endroit, fait une chute dans ce ravin, avec le même modèle de voiture que la sienne, une coccinelle cabriolet, longtemps resté dans le fond de la vallée, à proximité de la cascade. Il n'avait jamais connu les circonstances de l'accident, certains prétextant le suicide, ce qu'avait toujours nié sa mère, ne trouvant aucun motif expliquant un tel acte de la part de son mari. D'où sans doute son état de tristesse perpétuel.

Puis dans cette nuit noire qui succéda aux éclairs, toujours accroché au volant de son cabriolet, emporté en silence dans une vertigineuse détresse intérieure, Xavier fixa son regard devant lui, envouté par le halo lumineux des phares de sa coccinelle. C'est là qu'il vit apparaitre soudain, venant de nulle part, dans un supplément de vie, un homme qui boitait sous la pluie. Il dessinait face à lui virevoltant, à l'entrée du chemin de la grotte de Saint Germain, l'ombre rassurante d'un humain.

*

— Monsieur, ça va, vous boitez, vous allez bien ?

Xavier était sorti de sa voiture, sous les trombes d'eau, pour aller à la rencontre de Paul.

— Oui, merci, juste un genou fragile.

— Mais d'où venez-vous par ce temps ?

— J'ai randonné dans le vallon…

— Montez, montez vite !

Xavier aida Paul, trempé jusqu'aux os, à monter dans sa voiture.

— Je voulais revoir la cascade du saut du moine, souvenir d'enfance. J'ai été surpris par l'orage. Impressionnant ! Ma voiture est juste au-dessus, à côté de l'église mais le sapin, là, barre la route d'accès, je ne vais pas pouvoir redescendre à Talloires.

— Je peux vous y emmener si vous le souhaitez. Moi c'est l'inverse, je ne vais pas pouvoir rejoindre mon chalet qui est plus haut, de l'autre côté du vallon. Je dois redescendre à Talloires du coup.

— Ok, ce n'est pas de refus. Je suis désolé, j'ai trempé votre voiture.

— Non, non, ce n'est pas vous, rassurez-vous ! Pas plus tard que tout à l'heure, j'avais laissé la capote ouverte avant l'orage, donc, vous vous êtes assis sur une éponge…

— Je peux vous poser une question ? demanda Paul à Xavier. Vous connaissez bien la région ? Je vous demande cela parce que je suis justement allé voir dans le bas du Nant de Craz, tout à l'heure, s'il y avait toujours cette carcasse de voiture présente depuis plus de 50 ans. C'était la même voiture que la vôtre. Une coccinelle. Vous connaissez l'histoire ?

— Non, ça doit être une coïncidence, c'est marrant ce que vous me dites là, il y aurait de quoi fomenter l'écriture d'un roman avec un hasard pareil, vous ne trouvez pas ?

Xavier avait trouvé le mot pour rire, pour ne pas avoir à répondre, ce n'était pas le moment d'étaler sa vie.

— Alors vous habitez de l'autre côté de la cascade, ça fait longtemps ? le questionna Paul.

— Tout juste un an, dans un chalet que j'ai construit sur les ruines d'un autre chalet qui datait des années 30. Je suis architecte, et j'ai toujours rêvé de vivre là. La vue sur le lac est…

Paul lui coupa la parole :

— Le chalet tout neuf, dans le bois, au-dessus de la cascade, c'est le vôtre ? Mais c'est un coup de maître cette construction, je l'ai découverte avant de descendre dans le vallon, tout à l'heure. Je fais partie de la famille propriétaire du vieux chalet à côté du vôtre. Je me présente, Paul C. architecte aussi.

— Enchanté et flatté ! Moi c'est Xavier Bellaz !

Paul reprit.

— Cette histoire est incroyable. Vous savez que ce chalet a été incendié et qu'il est resté en ruine pendant plus de 80 ans. Je n'ai jamais réussi à connaitre véritablement l'origine de l'incendie, plusieurs histoires circulent, vous en avez une idée ?

— Non, ça reste un mystère. Les anciens propriétaires ne m'ont pas éclairé. Un passé familial auquel la jeune génération n'a plus accordé d'importance, d'où la mise en vente.

— Pour ma part, cette histoire me hante depuis longtemps, cette ruine était mon terrain de jeu favori, enfant, lorsque je passais mes vacances à Talloires. C'est incroyable comme le monde est petit.

Sur cette généralité de Paul, Xavier ne put s'empêcher de repenser à son père. Quelle fierté aurait-il eut à lui montrer son chalet ! Sa mère, sur ce sujet, avait marqué une distance, une de plus. Elle ne souhaitait pas particulièrement s'y rendre, même pour une simple visite, même un dimanche, préférant rester à sa maison de retraite à Thônes, cet EHPAD pourtant pas si éloigné, que Xavier avait agrandi peu de temps avant son départ à la retraite. Ajouté à cela qu'elle ne s'entendait pas du tout avec Marie. Trente ans après, elle en était encore à regretter que Xavier n'ait pas plutôt épousé sa copine étudiante, Alexia, qui, elle, avait de la personnalité. Pour Xavier, sa mère avait perdu la tête, ne vivant plus que dans son passé, bien avant la mort de son mari dont la disparition l'avait marquée à vie. Il ne concevait pas qu'avant même le souvenir de son mari, elle en portait un plus ancien, plus fondamental, à propos de cette ruine…

Paul s'excusa auprès de Xavier, il devait appeler sa famille pour expliquer son absence. Il prit son portable et composa le numéro du père :

— Oui Papa, c'est moi, c'est Paul.

— Où es-tu Paul ? Tout le monde t'a attendu !

— Désolé, j'ai été coincé par l'orage, ça a été violent. Ça se passe bien avec François ?

— Oui, il a trouvé son public. Ici tout le monde l'adore. Toi qui voulais absolument que j'assiste à ça, et tu n'as même pas été foutu d'être présent ! Tu viens me chercher ?

— Non pas possible Papa. Dis à François que je serai présent demain matin dès que possible. Je n'ai pas de voiture pour le moment. Je te raconterai. Ils ont bien une chambre pour toi à la Maison de Thônes ?

— Je vais demander, sinon je te rappelle et tu te débrouilleras pour venir me chercher.

— Ok, à demain Papa, je dois raccrocher.

Le silence s'installa dans la Coccinelle. Xavier pensait à ces similitudes qui le reliaient à Paul : le même métier, ces mêmes chalets et maintenant ce qu'il venait d'entendre : un membre de la famille à la même maison de retraite. Où cela allait-il s'arrêter ? Il ne put s'empêcher d'y voir la figure de son double qui lui apparaissait si souvent. Tout cela avait-il un sens ? Et ce cauchemar de la nuit précédente ? Cette déchéance qui s'installait, il n'en sortirait donc jamais ?

Après la descente depuis Saint Germain sous une météo plus calme, la coccinelle entra dans Talloires. Paul indiqua à Xavier l'adresse de son hôtel. Xavier repensa au fait que tous les hôtels étaient complets et en fit part à Paul. Ce fut alors au tour de Paul de prendre en charge Xavier en lui proposant d'occuper la chambre de son père qui ne rentrerait pas cette nuit-là.

En sortant de sa voiture, Xavier prit le courrier qu'il avait laissé dans la boite à gant. Trempé, il pensait pouvoir en récupérer une partie. Il y avait notamment une lettre manuscrite, dont il reconnut l'écriture cette fois : celle de sa mère !

Chacun rejoignit sa chambre. Paul se jeta sur le lit à peine déshabillé et s'endormit sur le champ, épuisé par cette journée à rebondissements. Xavier, de son coté, entra calmement dans cette chambre tombée du ciel. Le père de

Paul avait laissé sa valise sur le lit. Il y avait aussi quelques papiers oubliés sur la table dont la carte d'identité du père. Xavier la saisit et regarda ce visage, longuement. Cette tête lui disait quelque chose, mais il ne savait pas quoi. Il replongea dans son marasme, sa femme qui l'avait trompé, cet orage qui faillit lui faire vivre à son tour l'accident de son père, cette histoire mystérieuse de chalet brulé et cette rencontre inattendue avec Paul. Qui était-il au milieu de tous ces évènements, ces fantômes, ces inconnus pourtant si familiers ?

Il se décida à ouvrir la lettre de sa mère, enfin, ce qu'il en restait. Elle avait été rédigée au stylo bille, ce qui la rendait difficilement lisible, avec l'eau qui s'était infiltrée. Il put lire quelques bribes :

« ….. pas …. Celui-ci s'était sans …. suicidée lorsque….. nouvelle….. en 1955….. une belle rencontre…. es né … plus tard… Je suis déso… comme cela. Il y a quelques jours…n'oubliez pas les paroles, tu sais l'émi… que je… tous les soirs.
… le gagnant….. frère….handicapé. Viens…. son de Thones, je v…..présent…. »

Il en comprit assez pour imaginer que sa mère voulait s'ouvrir à quelques révélations. Pourquoi toute cette tristesse, tout ce poids silencieux qu'elle lui avait fait porter à son tour, le culpabilisant toute sa vie, vie qu'il avait construite en réaction, avec toute la force du regard des autres. Il ne dormit pas de la nuit, trop occupé à imaginer, dans toute sa noirceur, le scénario qu'allait lui raconter sa mère, le lendemain, à la Maison de Thônes.

Epilogue
13 Aout 2023

Paul se leva assez tard, après une nuit gorgée de l'écho de la cascade du Saut du Moine qui résonnait encore dans sa tête. Il s'étonnait encore du hasard des évènements de la veille et se pressa pour ne pas manquer Xavier. Selon le gardien, celui-ci avait quitté l'hôtel depuis plus d'une heure déjà. Paul, dépité, ne savait pas comment aller récupérer sa voiture à Saint Germain et appela la gendarmerie pour connaitre l'état de la route sur les hauteurs du Nant de Craz. La voie était libre. Il se décida alors à monter en stop. Il trouverait bien un touriste sur la route du col de la Forclaz partit en quête de sensations, le spectacle de l'envol des parapentes attirait les foules. Le ciel était d'un bleu limpide, lessivé par l'orage de la veille. Il put récupérer sans difficulté son véhicule à Saint Germain et se rendre ensuite à Thônes.

Au parking de la Maison de Thônes, à la recherche d'une place, Paul aperçut, caché derrière un grand chêne, ce qui était sans aucun doute la voiture de Xavier, une coccinelle bleue cabriolet. Impossible de se tromper. Décidemment, ils étaient faits pour se rencontrer. Il imagina quelle pourrait être la suite : et si Xavier était aussi l'architecte de cette très belle extension de la maison de retraite ? Un génie ce Xavier Bellaz ! Et s'il avait lui aussi un frère ou une sœur handicapée qui résidait là ? Moins drôle. Ou peut-être les deux, ce qui serait logique, une telle vision et une telle intelligence dans un projet architectural ne peut venir que d'une réalité vécue. Paul, intrigué, trouva enfin une place et se gara, impatient.

Arrivé dans le hall de l'Ehpad, après s'être renseigné à l'accueil, il se rendit d'abord dans la chambre de son père qui somnolait encore.

— Nous avons veillé tard, hier soir, on t'attendait, lui asséna le père.

Paul fit semblant de ne pas entendre. Il l'interrogea.

— Claire est encore là ?

— Non, ils sont repartis très tôt ce matin.

— Papa, il faut que je te raconte ma journée d'hier à Saint Germain et la rencontre que j'ai faite. Après nous irons voir François.

— Toujours accroché à ton enfance, quand vas-tu lâcher ce chalet ?

— Jamais, Papa, il est gravé dans mon genou et j'y pense donc tous les jours… Tu te souviens de la ruine, à côté du chalet. Eh bien, j'ai rencontré son nouveau propriétaire, un architecte qui a fait construire son propre chalet, majestueux, sur les anciennes fondations.

— Oui je sais, ta marraine m'en a parlé.

— Tu aurais pu me prévenir.

— Désolé, pas pensé.

— Je t'informe quand même que c'est une très belle réussite, un respect total pour l'original. Et ce n'est pas fini, écoute : après ma randonnée, qui s'est mal terminée à cause de mon genou et de la violence de l'orage, j'étais en train de rejoindre ma voiture quand un sapin a été foudroyé et a barré la route de Saint Germain dans sa chute. J'étais bloqué et ne pouvais redescendre à Talloires. Et c'est justement l'architecte que j'ai croisé à ce moment sur la route qui, lui, ne pouvait plus accéder à son chalet plus haut, qui m'a redescendu à l'hôtel. C'est là que j'ai fait sa connaissance.

— Oui, et alors...

— Laisse-moi finir ! Ce qui est dingue, c'est qu'il roule avec une coccinelle cabriolet bleu ciel, comme celle qui était dans le ravin, tu te souviens ? Et qui n'y est plus d'ailleurs. Et le gars a failli tomber dans ce ravin en voulant éviter le sapin foudroyé juste devant lui. Incroyable !

— Incroyable, effectivement.

— Et écoute encore : ce matin, qu'est-ce que je vois sur le parking de la maison de retraite : la coccinelle !

— Bon, et ça finit quand ton histoire ? Allez, on va rejoindre François.

Son père lui avait répondu d'un ton sarcastique et désabusé.

— C'est tout l'effet que ça te fait, je ne comprends pas. Comme si tu te désintéressais de l'histoire de ce lieu, et de cette ruine aussi. Tu caches quelque chose ? Ta version des faits, tu l'as inventée en fait ?

— Non...pourquoi ? j'ai oublié tout ça, c'est du passé, la vie c'est regarder devant soi. Comment crois-tu que j'aie atteint mon grand âge ?

— Ah bon, tant pis pour moi alors, j'espérai en connaitre un peu plus avant que tu ne disparaisses, moi ça me touche, tu vois !

Le père ne répondit plus et tendit son bras vers son fils pour qu'il l'aide à se lever de son lit. Ses 90 ans l'y obligeaient. Ils sortirent de la chambre pour se rendre dans l'unité où résidait François. Ils le trouvèrent dans son studio, un casque sur la tête, face à sa télé qu'il s'était fait livrer spécialement pour l'occasion, à réécouter sa prestation. François proposa aussitôt à Paul de revisionner ensemble l'émission de la veille. Hier, il y avait eu sa sœur Claire avec toute sa petite famille, et aujourd'hui, son frère, tout pour le combler. Le père se sentit de trop. Il demanda à être reconduit dans sa chambre en les attendant. François se leva pour les accompagner. Le petit groupe avança doucement vers le hall. Paul proposa à François d'aller voir une voiture sur le parking qui allait peut-être lui faire remonter des souvenirs comme pour lui :

— Une coccinelle cabriolet bleu ciel, tu te souviens, quand on était enfants ? Il précisa que c'était celle de Xavier avec qui il avait passé la soirée hier, sous l'orage, ce qui avait empêché sa présence avec Claire.

— Ui, c'est la voiture de la cascade.

— Exactement, eh bien, il y a la même sur le parking, on va la voir ?

— Ui

C'est à cet instant qu'ils entendirent, non loin d'eux, Xavier, s'exprimant en colère en s'adressant à sa mère. Il s'apprêtait à quitter l'établissement et elle tentait de le retenir.

— Laisse-moi, je m'en vais, tu n'avais pas le droit de garder cela pour toi. Il s'agissait de ma vie, je ne t'appartiens pas ! Tu n'avais pas le droit !

Paul reconnut Xavier. Prit dans son élan, celui-ci s'arrêta net devant eux. Sans un mot il fixa le père avec des yeux injectés de sang, prêt à hurler son désarroi et sa colère. Paul lui dit :

— Bonjour Xavier, je peux faire quelque chose ?

— Alors c'est vous ! hurla Xavier, le doigt pointé vers le père.

— Sachez que je viens d'apprendre que vous êtes mon père, Monsieur. Demandez des explications à cette vieille dame là, c'est ma mère, elle est complètement folle.

— Qu'est-ce que vous racontez là, Xavier ?

Paul eut à peine le temps de l'interroger que celui-ci avait disparu, filant droit vers la sortie. Il se tourna vers la mère de Xavier qui était en pleurs. Elle regardait le père, sans bouger, ce qui le fit réagir.

— Madame, de quoi s'agit-il ?

Puis il se tourna vers Paul.

— Et toi Paul, c'est qui ce Monsieur qui raconte n'importe quoi et me hurle dessus ?

La mère de Xavier se reprit, sans apporter de réponse, et regardait maintenant François en s'adressant à lui lentement.

— François, hier, vous m'avez épatée, votre présence dans les chansons, et votre mémoire, l'air de rien, vous avez été très impressionnant !

Puis doucement, elle se tourna vers le père.

— Il tient ça de vous, cette mémoire, Jean ?

— Peut-être, madame, peut-être. Ma mémoire me dit d'ailleurs qu'on s'est peut-être déjà croisés quelque part. C'est possible. En tout cas, si je peux me permettre, madame, je trouve que vous êtes encore une bien belle femme pour votre âge !

Le père avait lancé cette phrase, comme à son habitude, pour plaire et se mettre en avant. Comme si c'était le moment ! Il n'avait pas remarqué que la mère de Xavier venait de prononcer son prénom. Paul réagit :

— Vous connaissez mon père ?

— Oui très bien ! C'est une vieille histoire....

Elle s'adressa à nouveau au père.

— Je vais vous raconter si vous le souhaitez. Mais ce que je vais vous dire risque de vous bouleverser, sachez-le. Je vous propose que l'on aille s'asseoir au salon dans l'aile de mon studio.

Paul commençait à prendre cette histoire au sérieux, cette dame n'avait pas l'air folle du tout. Il regarda son père, surveilla sa réaction. Son sourire intrigué ne laissait pas de doute. Il voulait en savoir plus. Lui-même embarrassé, mais curieux, Paul répondit :

— D'accord madame, on vous suit.

François acquiesça, pressé lui aussi de faire connaissance avec cette grande fan. Le petit groupe avança vers le salon au rythme de la vieillesse et du handicap, celui qui vous oblige à être là, bien présent, à l'affût de vos pensées parfois confuses. Quand tout le monde eut pris place, en silence, le regard impatient tourné vers la mère de Xavier, elle commença son récit :

— Ce matin, mon fils Xavier est venu me voir, pour donner suite à la lettre que je lui avais envoyée, il y a deux jours, comme une bouteille à la mer. Je lui expliquais qu'en regardant l'émission « N'oubliez pas les paroles », à la télé, je fus surprise, dès le premier soir de son passage, de reconnaitre dans les traits de notre champion, François, le visage penché d'un enfant avec son sourire radieux que j'avais connu il y a bien longtemps. La première fois, ce fut à Talloires, sur la plage, à l'été 1963. Je me souviens très bien. Je discutais avec des amis et son père, Jean..., ici présent, qui ne se souvient semble-t-il pas de moi... lorsque sa femme, à quelques mètres de là où nous étions, occupée avec ses enfants, fut prise de panique à cause de son fils François, qui était resté figé, un long moment, sans respirer. Elle finit par lui mettre une claque avec fermeté, ce qui le ranima. Quelle maitrise ! Et quel courage, j'en suis encore bouleversée. Cette femme, ta femme, Jean, votre mère Paul, François, m'avait, ce jour-là, vraiment impressionnée. Et je me vois encore, sur la plage, honteuse, gronder Xavier, dont les caprices, les colères, et les turpitudes me paraissaient alors dérisoires face aux difficultés que vous rencontriez, avec cet enfant silencieux, dont le comportement étrange avait fait peur aux nombreux adultes présents sur la plage. Jean, tu n'en parlais pas de ton fils mais dans le groupe, il se disait des choses à son propos que j'avais du mal à entendre et qui me faisaient honte…

François, alors qu'il penchait la tête vers le bas en écoutant Annie, la releva brusquement à cet instant pour observer le père qui de son côté se mit à suer, de plus en plus fort.

— Quant à notre histoire, à Jean et à moi, elle ne dura qu'une journée mais elle fut magnifique. En 1955, te souviens-tu, Jean ? Après une soirée magique au casino d'Annecy, nous avons vécu, le lendemain, ce qui restera comme l'une des plus belles journées de ma vie. Ce jour-là, au pied de la Tournette, avec le spectacle grandiose du lac rien que pour nous deux, allongés l'un contre l'autre au milieu d'une prairie d'herbes folles, parmi les fleurs sauvages multicolores et le vol des multiples papillons et insectes dont le bourdonnement sonne encore dans mes oreilles, nous avons fait l'amour, si naturellement, et si fort.

Elle s'arrêta un moment, se rendant compte tout à coup de ce qu'elle venait de dire, de l'intimité immorale et honteuse de ses propos face aux enfants de Jean, qui ne l'avaient jamais vue. Mais, prise dans l'élan de ses souvenirs qu'elle avait gardés en elle toute sa vie et qui ne demandaient qu'à éclore, elle reprit, s'adressant à Jean.

— Tes mots, tes caresses, tes rires, tes déclarations d'amour, que tu proclamais si haut, à tel point que j'avais peur qu'elles soient entendues jusqu'à Annecy, ont fait de moi, ce que je n'avais jamais osé imaginer, une vraie femme, qui allait démarrer sa vraie vie, loin de toutes les conventions qu'elle avait subies jusque-là. Et depuis, j'ai gardé ce moment tout au fond de moi, pour y puiser, chaque jour de ma vie, toutes les ressources dont j'avais besoin.

Annie ne lâcha pas son regard sur le père, qui, visiblement, ne savait pas comment réagir, à la fois flatté, comme il adorait ça, et abasourdi par cette histoire dont il se souvint, à ce moment, de la suite non glorieuse.

— Et le fruit de cet amour, Jean, est bien vivant. C'est Xavier, qui n'a pas supporté que je lui annonce cette vérité. Il était de plus en plus déprimé et il était temps que je lui dise. Pour cela, merci François, grâce à vous j'ai réussi à lui annoncer. Il va falloir qu'il le digère, mais je ne peux pas vous promettre qu'il cherche à vous rencontrer, il a sa fierté.

Elle regarda François intensément. Il lui fit en retour un sourire en biais, suffisamment large pour laisser apparaitre sa dentition démolie par le temps et les cigarettes. Tout le charme de François résidait dans ce contraste, la résurrection en cours d'un corps effondré. Paul les regardait l'un après l'autre, concerné lui aussi par cette révélation et en même temps subjugué par cette histoire improbable. Il avait maintenant un demi-frère, architecte comme lui. De son côté, le père tombait des nues. Jamais il n'aurait imaginé cela. La suite, qu'il avait enfouie, n'incluait pas cette hallucinante nouvelle. Ce qu'elle raconta alors, comme il l'attendait, lui fit totalement honte.

— Jean, tu m'as ensuite en quelque sorte abandonnée, à la fin de cette journée, à cause d'un différend qui ne nous concernait pourtant pas. Je n'étais pas responsable de cet incendie que mon père avait allumé au chalet de votre grand-oncle. C'était leur conflit, pas le nôtre. Alors je n'ai jamais compris en quoi cette histoire aurait dû éteindre l'étincelle de la nôtre qui était née ce jour-là, Jean. Ton abandon m'a fait mal, à tel point que j'en ai gardé des stigmates dépressifs toute ma vie. Malheureusement, notre fils Xavier et surtout mon mari en ont payé le prix. Mon mari, cet homme avec qui j'avais fait un mariage de convention juste après notre rencontre avortée, s'est sans doute suicidé en 1971, comme je l'ai annoncé tout à l'heure à Xavier. Ce n'était pas un accident, je pense qu'il a réellement mit fin à ses jours en lançant sa coccinelle dans le vide à Saint Germain. Il n'a pas supporté que je lui annonce cette nouvelle. Il n'était pas le père de Xavier, et il n'a pas supporté cette idée, cette tromperie que je lui avais infligée. J'ai voulu tout dire à cette époque, tout révéler à Xavier aussi, mais le geste de mon mari m'a stoppé net. La force de Xavier lui a permis de tenir le coup face à cette épreuve. Il en a fait une belle réussite professionnelle, mais aussi malheureusement une vie sentimentale désastreuse. Il aurait mérité une autre mère, une autre vie, plus sereine. Mais je n'arrivais pas à nous plaindre, je recevais des échos de la vie chaotique de ta famille, Jean, avec les difficultés de François, et pour rien au monde je n'aurais voulu ajouter du malheur à votre vie. Si je me suis décidée à parler aujourd'hui, c'est que François m'a fait comprendre enfin que la vie de nos enfants ne nous appartenait pas et que de le voir si heureux, à la télévision, m'obligeait à livrer mon secret, pour que Xavier comprenne ce qui s'était passé et qu'il puisse enfin vivre dans la vérité, et faire une belle rencontre comme je l'espère elle le sera entre vous. Du haut de mes 90 ans, je ne vais plus faire de vieux os.

Cette histoire laissa le père sans voix. Il repensait à sa femme Agnès, qu'en penserait-elle du haut de son nuage ? Et si de son vivant elle avait su, si elle avait senti qu'il y avait eu cette aventure, n'était-ce pas l'explication de sa jalousie maladive toute sa vie ? Et si François avait été le ciment de leur vie, de leur couple, qui aurait explosé s'ils n'avaient pas uni leur force parentale pour l'amener là où il était aujourd'hui ? Trop de questions face à cette incroyable situation.

La force de survie de ces deux presque centenaires sidéra Paul. Toutes ses révélations l'avaient laissé, lui aussi, sans voix, avec ce demi-frère qui avait le même métier que lui mais qui avait réussi à se faire un nom, contrairement à lui. Il ne savait pas dire exactement à quoi jouait son père, si vraiment il avait oublié toute cette histoire avec Annie, ou si elle n'avait pas compté, ou s'il en avait honte. Car, sa version d'un chalet brulé pendant la guerre, par délation, n'était pas glorieuse, mais sans doute était-elle plus acceptable pour lui que cet abandon qu'il avait infligé à Annie. Son père demeurerait un mystère, à tout jamais.

Puis Paul regarda François qui, lui, visiblement, n'était pas atteint par ces histoires de gens anormaux qui se cachent des choses et en souffrent par la suite. Sa vie était maintenant plus simple, il lui avait suffi de se passionner, d'apprendre et d'occuper son esprit et sa mémoire à sa passion. Tout devenait beau, alors, transformé par le prisme de ce qu'il aimait. Un long silence s'installa, qui devint pesant pour tous, et François ne voulut pas lui laisser prendre trop de place. Il était temps de s'en affranchir. Il se leva, doucement, et se mit à chanter Sardou, sa fameuse chanson : Les lacs…

> Là-bas au « lac d'Annecy »
> On sait… tout le prix du silence
> Là-bas au « lac d'Annecy »
> On dit que la vie, c'est une folie
> Et que la folie, ça se danse !

Après une écoute attentive, et visiblement encore bouleversée par son récit, Annie demanda à pouvoir se retirer dans son studio pour se reposer. Le père en fit de même. François rappela à Paul qu'ils avaient prévu de revisionner son émission de la veille, ce qu'ils firent ensemble pour continuer cette journée si particulière.

Le lendemain, à son hôtel, Paul prit son petit déjeuner seul. Le père était resté à la Maison de Thônes, pour la nuit, afin de se remettre de ses émotions. Sans doute aussi espérait-il passer une soirée avec Annie, ils avaient tant de choses à se raconter.

Paul s'assura que son père était bien réveillé. Il l'appela au téléphone. Celui-ci ne répondit pas sur le moment. Peut-être dormait-il encore ? Deux minutes plus tard le père le rappela.

— Paul, il s'est passé une chose grave, Xavier a eu un accident hier soir. Tu n'as pas lu le journal ?

— Non, attends, il n'est pas loin, je regarde.

L'Essor Savoyard annonçait un grave accident de voiture sur la commune de Saint Germain sur Talloires, où un automobiliste avait chuté dans le ravin du Nant de Craz à proximité de la cascade du Saut du moine. Un architecte local, bien connu à Annecy, avait manqué, semblait-il, un virage, juste après le tunnel de Saint Germain et avait fini sa course dans le torrent en contrebas, au même endroit qu'un précédent accident dans les années 70, avec le même type de voiture, une cabriolet VW Coccinelle.

Les gendarmes avaient très vite conclu à un suicide, étant donné les similitudes entre les deux accidents et l'absence de trace de frein. Ajoutant que le conducteur n'était autre que le fils du conducteur du premier accident. Il s'agissait de Xavier Bellaz, qui venait de se faire construire un splendide chalet juste au-dessus du vallon du Nant de Craz. Un sort maléfique s'était emparé du lieu. Malgré les importants moyens mis en œuvre pour accéder à cet endroit très encaissé, les secours n'avaient rien pu faire et le conducteur était décédé sur le coup.

Choqué par cette horrible nouvelle, Paul se rendit aussitôt à la maison de Thônes. Il y retrouva son père présent auprès d'Annie. Elle séchait ses larmes, prostrée et silencieuse, entourée du personnel de l'établissement. François vint les rejoindre. Il avait pleuré lui aussi. Il s'adressa à Paul.

— Xavier il est mort, comme maman.

— Oui, c'est affreux.

— Xavier était en colère, je suis triste, Xavier, mon frère, je n'ai pas pu le sauver, lui.

Paul se demanda ce qu'il voulait dire. Annie, attentive à sa parole si rare, l'interrogea aussitôt :

— Pourquoi dis-tu cela François, tu as déjà sauvé ton frère ?

— Ui, quand Paul il est parti et que Papa ne l'avait pas vu. Il écoutait Bach, trop fort.

Paul se remémora alors. François parlait de son accident en 1968, devant Saint Germain, sa chute de la 2CV. Et ce qu'il disait-là ne lui était jamais venu à l'esprit.

— Oui, ce jour-là, tu peux dire que tu m'as sauvé. Tu parlais peu mais tes paroles étaient essentielles François. Tes mots, ceux d'un extra-terrestre, viennent toujours au bon moment, pour communiquer à ta façon, non pour te faire valoir, et ça, c'est très fort, François.

Annie était de plus en plus confuse entre son grand amour fantasmé qui se tenait à côté de lui et ses pensées vers son fils qui venait de se donner la mort par sa faute. Elle s'adressa à François :

— Ton frère, Xavier, ne te ressemblait pas. Il était si différent. Il m'avait dit plusieurs fois qu'il lui arrivait de voir son double dans la glace ou dans ses rêves. Ce devait être toi, François, qu'il voyait, et il me disait que ça lui faisait peur. Je l'ai laissé perdre pied, s'enfoncer. Je m'en veux. Pourquoi ce malheur ? Vous auriez pu vous rencontrer, donner sens à tout cela. Je m'en veux, je m'en veux tellement !

Elle se remit à pleurer, doucement, l'espace d'un instant, un instant de recueillement, puis elle ajouta :

— Tout ça a été ma faute, j'aurais dû lui parler, lui dire la vérité sur son père, bien plus tôt. Il l'aurait supporté, je l'aurai aidé, et votre famille, avec lui, au-delà des jalousies, se serait même peut être soudée davantage encore autour de François. Je m'en veux de ce qui lui est arrivé, mon pauvre Xavier.

Tout le monde avait les yeux fixés sur elle. Une grande confusion la parcourait. Perdue dans son désarroi, elle finit par dire, en regardant le père figé dans son incrédulité :

— Et pourtant, je n'y arrivais pas, je n'ai jamais pu effacer de mes pensées cette première fois où, dans un moment crucial de ma vie, j'avais dit la vérité. A toi Jean, souviens-toi, face au chalet, à propos de mon père et de l'incendie. Le résultat de cet aveu, que j'aurais dû garder pour moi ? Regardez, regardez-moi, regardez ce que j'ai fait ! Alors qu'il y avait la promesse de ce si bel avenir, avec toi, Jean, une vie à Saint Germain, face au lac. C'est affreux ce que je vais vous dire là, mais j'aurais dû me taire…Mon dieu, j'en suis persuadée, j'aurais dû me taire.

Remerciements :

A vous tous les auteur(trice)s que j'ai croisé(e)s à travers la lecture de vos romans et sans qui ni l'envie ni la capacité d'écrire ce texte ne me seraient jamais venues.

A vous mes tout premiers lecteur(trice)s (d'un texte inachevé et envahi de fautes), Anne, Guillemette, Johanna, Jean-François, Bénédicte, votre encouragement fut essentiel.

A toi Val, et à vous nos chers enfants, votre soutien jusqu'à la dernière virgule m'a été indispensable.

A vous mes parents qui avez su si bien me protéger de vos souffrances pendant mon enfance, vous êtes et serez toujours mes héros favoris.

A vous mes frère et sœurs, en plus de vos lectures stimulantes, vous m'avez fait découvrir des facettes de l'histoire de notre frère que je ne connaissais pas. Ce fut l'occasion de moments partagés si précieux.

Enfin, à toi mon frère si singulier, encore une fois les mots me manquent… Sache que ton SOURIRE contient tout le bonheur du monde.